SYLVIE BORIE

PROFILS

ET

BAS RESILLE

A Patrick et Franck, mes muses providentielles

1ère PARTIE

ENTRE AMOUR REEL ET VIRTUEL

CHAPITRE I

Les amours de Camille avant le règne d'internet

2004, neuf ans s'étaient écoulés depuis le divorce de Camille quand l'appel de l'amour résonna de nouveau en elle. Son rêve de petite fille était resté secrètement et incorrigiblement le même, celui de rencontrer un compagnon de route qui la sortirait de sa léthargie émotionnelle et la ferait renaître à la vie. Rien ni personne ne pourrait contrarier son intangible espoir de trouver son âme sœur avec laquelle elle vivrait heureuse, entourée d'une tribu d'enfants et qui lui accorderait enfin le repos de la guerrière qu'elle était fatalement devenue ces dernières années mais surtout, lui redonnerait confiance en elle même et foi en l'avenir

Quelques bleus au cœur, elle devait se résigner à rejoindre le clan des célibattantes du XXI siècle qui fantasmaient sur le prince charmant idéal et idéalisé , au grand dam des psychologues leur expliquant d'arrêter de croire à ce mythe, pour enfin grandir et vivre plus en harmonie avec leur être profond.
Alors qu'elle continuait de passer la plupart de ses nuits seule au fond de son grand lit froid et qu'elle tentait désespérément de rassurer son moi intérieur, sa lassitude à osciller entre bien être et mal être grandissait mais c'était sans compter son optimisme inébranlable pour la porter vers son objectif.

L'heureux élu aurait la chance de gagner le cœur d'une

femme aux multiples facettes, et telle Hécate, une déesse au triple visage de la mythologie grecque , trois créatures en une. En effet, sans réaliser que d'une certaine façon, ils la prédisposeraient à des jeux de rôles, les parents de Camille l'assignèrent de trois charmants prénoms dont deux , en hommage à ses chères grands mères disparues . La symbolique et le nombre de prénoms contribueraient-ils au déterminisme de la vie future? Peut être l'expérimenterait elle tout au long de sa vie ? Selon cette théorie, cet inconnu privilégié pourrait alors, à sa guise et respectivement s'amouracher de Camille, l'épouse et mère de famille dynamique, romanesque et fleur bleue, vivre avec Irène, la femme active, spirituelle et indépendante et enfin faire l'amour à Inès, la fille passionnée, sensuelle et imaginative ! Incroyable destin que d'incarner à elle seule, le fantasme le plus répandu chez l'espèce masculine en offrant à sa moitié un véritable petit harem. Ou bien offrirait elle chacune de ces caractéristiques à différents hommes, chacun d'eux préférant une part de sa personnalité bien distincte .

Les complexes physiques qui l'accompagnaient depuis son adolescence, l'empêchaient de croire aux admirateurs qui la disaient plutôt jolie. Ses mâchoires légèrement prognathes qu'elle aurait bien fait raboter, donnaient du caractère à son visage fin et allongé, qu'encadrait une épaisse chevelure mi longue aux reflets blonds dorés. De taille moyenne, sa silhouette était plutôt équilibrée, avec cependant quelques kilos superflus tardivement assumés que certains aventuriers qui croisaient son chemin aimaient qualifier d'attrayantes formes pulpeuses .
Soucieuse de l'image qu'elle pouvait renvoyer, et afin d' être irrésistible le moment où surviendrait la rencontre tant attendue, elle veillait consciencieusement à son allure , avec, aux dires de

ses amies, des tenues à la fois originales, sexy et plutôt singulières. Fort heureusement, ces efforts lui valaient d'être remarquée et d'avoir un certain succès auprès des hommes bien que paradoxalement il lui manquait de l'assurance et la conscience de ses talents de séductrice.

Après son divorce, Camille allait emprunter un parcours sentimental assez chaotique. Quelques mâles sur lesquels elle porta son dévolu lui firent chavirer le cœur et le corps, certains pour une nuit seulement et d'autres pour quelques années. Bien qu'elle se défendit d'être une collectionneuse d'hommes, son destin devait aller à l'encontre de son attachement à la stabilité d'une monogamie épanouissante . Elle allait entre autre afficher à son tableau de chasse quelques spécimen très différents les uns des autres : le prof de philo timide et maladroit, ancien amour platonique de jeunesse ; le sexy maître nageur enjoué et charmeur dont toutes les filles imaginent avoir dans leur lit ; le flic présomptueux et frimeur dans sa Porsche flambant neuve ou bien encore l'assureur solitaire et célibataire endurci, vide de sentiments . Chacun d' eux laissant sur leur passage, une empreinte indélébile qui allait la façonner, la transformer et créer cette fille solide, imparfaite mais entière qu'elle deviendrait, à l'image d' une sculpture d'argile qu'allaient modeler des mains plus ou moins agiles et expertes.

Parmi toutes ces aventures sentimentales, une seule grande et vraie histoire d'amour devait marquer profondément de son fer rouge sa vie, une de celles qui laisse de profondes blessures au cœur, avec laquelle l'on apprend à vivre mais dont on ne se relève jamais vraiment.
Cet homme, elle le rencontra sur son lieu de travail. Ils exerçaient

tous les deux, le beau métier de soignant au sein d' une association pour laquelle ils dispensaient des soins infirmiers à domicile. Une amitié complice naissant rapidement entre eux et le covoiturage aidant, ils se rapprochèrent tout naturellement. Au delà de cet aspect circonstanciel, il y avait dans cette relation une dimension presque céleste et intemporelle.

En effet, avec Étienne, ils s'étaient déjà croisés quelques années plus tôt alors que Camille était encore une jeune élève infirmière . Il avait été un maître de stage d'une extrême vigilance et bienveillance à son égard et d'un humour décalé face aux situations dramatiques qu'ils pouvaient vivre aux urgences.

C'était comme une évidence, ils ne pouvaient que se retrouver et la vie avait été ainsi programmée pour que leurs chemins se recroisent une deuxième fois en ce bas monde.

Physiquement, Etienne ne correspondait pas vraiment à ses critères de beauté tellement subjectifs et loin des représentations idylliques de la jeune femme trentenaire qu'elle était. Il était grand, long et fin comme l'était aussi son nez conquérant, avec une fine moustache à la Clark Gable. Sa chevelure brune où se perdaient quelques rares cheveux blancs, était si douce et soyeuse qu'y glisser ses mains pour la caresser en devenait la véritable addiction de la très maternelle Camille.

Il se dégageait de son visage imparfait une douceur rassurante et ses yeux noisette, malicieux et rieurs laissaient entrevoir une fragilité mais aussi une force protectrice paternelle qu'elle recherchait indubitablement et inconsciemment.

Ils vécurent une histoire d'amour passionnelle de presque trois ans, avec l'enthousiasme et les désillusions d'une relation avec un homme marié et d'un amour impossible. Car le problème était bien là. Cet homme n'était pas libre pour qu'ils puissent vivre au grand jour leur histoire d'amour qu'elle aurait tellement aimé livrer au monde entier. Elle faisait pour la première fois l'expérience d'un amour romanesque et fusionnel équitablement partagé mais tellement vulnérable aussi que le moindre grain de sable pouvait le faire voler en éclat. Ils étaient en complète dépendance physique et mentale l'un pour l'autre, transportant avec elle son lot de souffrances .

Quinze ans d'âge les séparaient. Sa maturité et son expérience de jeune quadra rassurait la fillette délicate et rêveuse qui dormait encore en elle. Ce fut le premier à lui faire aimer son corps, et à lui en révéler les sensations les plus intimes. Cet homme la rendait femme alors qu'elle se sentait encore enfant, il la rendait vivante alors qu'elle végétait...De ce fait, il devint son mentor mais aussi le premier jardinier à cultiver aussi délicatement son jardin secret, et semer des graines dont fleuriraient des lendemains enchanteurs.

D'ailleurs, leur passion pour la nature se vérifiait à travers chacune de leurs escapades amoureuses. C'est ainsi que très souvent, il leur arrivait d'aller faire l'amour tout au fond d' une clairière, sur une nappe qu'elle gardait précieusement dans le coffre de sa voiture. Le souvenir des cimes d'arbres au dessus de sa tête alors qu'allongée, son amant délicieux la caressait , resta ancré longtemps dans sa mémoire. Forêt enchanteresse dont le bruissement du vent dans les feuilles l'interpella toujours.

Ils parcouraient les routes à la recherche de l'endroit idéal à leurs ébats amoureux, aire de repos, maison abandonnée, abord d'une église et d'un cimetière, pas très catholique tout cela !Mais cet amour bien qu'exceptionnel n'était pas assez inconditionnel pour surmonter toutes les difficultés qu'engendrait cette situation adultérine. Cette aventure insolite et excitante allait très vite les consumer à petit feu et les circonstances familiales concernant

Etienne étaient si complexes que la roue devait immanquablement s'arrêter de tourner. Après avoir hésité deux fois à changer de vie pour la rejoindre, il choisit de rester avec son épouse, laissant Camille au bord de la route, complètement dévastée. Le deuil de cette histoire fut d'autant plus douloureux qu' avait été immense son espoir dans la concrétisation de leur vie commune .

Il lui aura fallut trois longues et difficiles années de traversée du désert pour avoir de nouveau envie de renaître à l'amour et repartir à la conquête de son destin sentimental. Que lui réservait il? Pourquoi n'avait elle pas le droit d'être définitivement heureuse et de vivre une idylle exceptionnelle et durable comme celles qu'elle contemplait sur grand écran ?

D'un tempérament de battante, et par devoir vis à vis de son fils qu'elle élevait seule, aucun autre choix ne lui était permis que de se relever et de rien laisser paraître de sa profonde tristesse , palliée toutefois par l'amour de son enfant et comblée par un travail enrichissant qui remplissait ses journées et lui évitaient de sombrer. Elle en était convaincue, seul un nouvel amour la libérerait de cette solitude avilissante.

Afin de retrouver une paix intérieure et tourner définitivement la page de ce chapitre douloureux, elle se résolut à changer de lieu de travail, car trop de souvenirs moroses s'y rattachaient .

Parallèlement à sa situation personnelle, un médecin avec lequel elle avait également collaboré ces précédentes années, se séparait de son épouse et décidait de quitter le territoire dans lequel ils pratiquaient tous les deux.

Ce point commun fut l'élément déclencheur de leur

rapprochement comme leur même passion pour la quête mystique et le développement personnel qu'ils expérimentaient comme un outil salutaire à leurs reconstructions respectives .

Marc captivait la spirituelle Camille par son impressionnante richesse culturelle et bouddhique. Lors de leurs différentes soirées passées ensemble chez lui, cadencées de musique New âge dont un son pur et limpide sortait d'enceintes majestueuses, elle buvait ses mots et se noyait dans ses profonds yeux noirs : probablement un avant goût de nirvana. Alors ce qui devait arriver, arriva....Un soir d'élévation spirituelle extrême et de désir partagé, ils devinrent amants. Après avoir connu l'amour physique passionnel, elle expérimentait l'amour tantrique dans une dimension plus sensorielle et psychique, presque surnaturelle : une communion de leur âme, leur corps servant de médiateur. Marc était doux, attentif à son bien être et généreux comme il pouvait l'être avec ses patients. Mais malgré cette toute nouvelle éclaircie sentimentale et ces instants d'exaltation, le voyage dans les cieux, bien que puissant et transcendant ne résista pas à la loi de l'apesanteur. La descente vers la réalité douloureuse fut très rapide et elle quitta non sans désespoir, le petit nuage sur lequel elle s'était confortablement installée, cette relation épisodique se désamorçant à la vitesse d'un éclair. Son pressentiment envers Marc était juste, comme son attitude fuyante ainsi que sa distance qui finirent par la conduire vers l'inéluctable et insoutenable explication. Il lui était impossible de s'investir aussi rapidement et pleinement dans une relation amoureuse alors qu'il venait à peine de se séparer de son épouse, après vingt ans de mariage. A l'opposé, Camille était de nouveau prête pour une belle romance mais elle s'était vraisemblablement et encore une nouvelle fois trompée de cible.

Abonnée aux rendez vous manqués et relations non accomplies, elle allait retrouver le chemin disparate du travail de deuil et dignement reprendre son parcours de vie, en partance pour sa prochaine et secrète destination sentimentale. Rebondir le plus vite possible était le seul moyen qu'elle connaissait pour combattre la déprime ou l'autoflagellation qu'elle s'infligeait à chaque nouvelle déception alors que sa confiance en elle se fragilisait.

Mais où donc et dans quelles circonstances en 2004, pouvait on rencontrer des hommes lorsque l'on avait une vie professionnelle qui ne favorisait pas forcément les rencontres et un statut monoparental qui compliquait l'exercice ?
Ce questionnement et son mal être la menèrent tout naturellement vers la voie de la divination comme pansement exutoire . Avec le concours de son amie Hélène, plus avertie qu'elle dans ce domaine, elles s'amusèrent à tester à peu près tout ce que la voyance pouvait compter de supports et de rencontres du troisième type! : les cartomanciennes, les boules de cristal, les tarots, les runes, les prédictions au gros sel! Oui oui, ça existe...si bien qu'elles commencèrent même à être aussi de vraies spécialistes de l'interprétation des signes de l'au delà, et aussi de l'analyse psychologique que ces diseuses de bonne aventure leur renvoyaient d'elles même. L'homme de ses rêves arriverait sans nul doute , certes, à une datation difficilement prévisible mais elle garderait en filigrane au fond de son esprit , une pensée lui dictant de ne jamais renoncer à ce rêve...
Alors en attendant que son cœur se remette enfin à battre pour le prochain homme que le destin voudrait bien lui envoyer, elle ne resterait pas les bras croisés.

CHAPITRE II

Blouse blanche et Bachelor2004

Son travail d'infirmière lui permettait, certes, de croiser de temps en temps de séduisants patients qui auraient pu lui convenir mais ces perles rares étaient souvent accompagnées donc inaccessibles. Elle devait absolument trouver un autre moyen que se déhancher sur les dance-floor tous les week-end ; cette époque étant révolue pour la mère responsable qu'elle était devenue, soucieuse de l'image qu'elle pouvait renvoyer aux autres et en particulier à sa famille.

Par chance, nous assistions à l'essor d'internet et notamment des sites de rencontres qui ouvraient la voie vers de nouvelles perspectives pour le moins intéressantes: des têtes à têtes organisés depuis son salon lui semblaient bien plus confortables.
Néanmoins, un peu anxieuse, elle finit par dépasser la crainte de cette première expérience de la virtualité prospectrice.
Elle choisit alors de s'inscrire sur Match.com, un des premiers sites de ce genre qui avait pignon sur rue et sur lequel on s'inscrivait gratuitement jusqu'à ce que l'on décide de

communiquer avec l'heureux élu. L'amour devenait il un produit de l'avidité mercantile ? Et le romantisme dans tout cela ? s'insurgeait Camille. Mais avait elle d'autres choix que d'emprunter celle nouvelle voie prometteuse de réussite affective? N'aurait elle pas tout à gagner à s'aventurer dans cette grande toile garante de l'amour retrouvé?

Elle avait beau s'interroger, cela ne réglait pas son problème de solitude.

Très consciencieusement, elle remplit sa fiche signalétique ou communément appelée profil et choisit son tout premier pseudo ou surnom de substitution. Bien que novice dans cette démarche, il lui sembla judicieux de créer un nom de scène lui correspondant parfaitement, à la fois emblématique et révélateur de sa personnalité dans le but d' appâter subtilement une proie et lui donner envie de la découvrir.

« Blouse blanche » s'imposa tout naturellement et comme une évidence à elle. Il était en lien avec son activité professionnelle qu'elle adorait, certes peu imaginatif mais faisant référence au fantasme le plus souvent répandu chez l'espèce masculine . Le pouvoir attractif de cet uniforme bien connu, il y avait donc fort à parier qu'elle accrocherait dans ses filets un ou pourquoi pas plusieurs gros poissons parmi lesquels elle sélectionnerait le supposé meilleur spécimen!

Pour cette toute première fois, elle resta prudente et s'interdit d'afficher son joli minois sur la toile. Si ces hommes étaient capables en premier lieu de connaître et d'être séduits par l'authentique Camille à travers ses écrits, comment pourraient ils être déçus par la réalité.

Elle s'appliqua à rédiger une annonce la plus honnête et sincère possible, tant dans la description physique que psychologique, et fit savoir avec précision ce qu'elle recherchait.

Quel étrange sentiment de feuilleter ce catalogue virtuel de portraits de célibataires en mal d'amour, et même un peu gênant de devoir les choisir comme de simples articles ou objets de consommation.! mais c'était la règle du jeu dont il faudrait bien s'accommoder, pensa t- elle un peu perplexe.
Son assiduité à cette tâche en fit une sélectionneuse hors pair pour dégoter les profils intéressants. Certaines des photos de ces âmes perdues et solitaires , plus racoleuses et soignées dévoilaient des gars souriants. D'autres au contraire postaient des photos incongrues, peu flatteuses, sans compter ceux qui préféraient l'image d'une star à laquelle ils pensaient vraisemblablement ressembler ou bien se cachaient-ils derrière un portrait imaginaire pour créer l'accroche de certaines prétendantes crédules et naïves ou simplement avaient-ils d'autres intentions ?

Avec l' adage en tête que pour séduire et garder un homme, il fallait tout autant s'occuper de son lit que de sa table; elle élabora une tactique d'approche et de séduction bien spécifique. Elle s'astreindrait à les nourrir mentalement avec de captivantes conversations , car cela aurait été plutôt bizarre de débarquer le jour de la rencontre avec un plat de lasagnes puis les attiserait avec de l'humour et pour finir les envoûterait avec de la sensualité..
Et à cet exercice, elle devint plutôt une bonne élève.

Elle craqua littéralement pour la photo de « Bachelor 2004 » sur laquelle on pouvait distinguer son visage tourné vers l'arrière , cliché pris vraisemblablement par surprise. Il était brun aux yeux noirs à l'envoûtante et ténébreuse beauté ravageuse, le vrai « sérial séducteur »..Mais que dissimulait réellement ce mystérieux portrait? Sans attendre, elle entreprit le décryptage des informations le concernant en gardant à l'esprit que sa belle gueule n'aurait pas de prise sur ses critères qualitatifs.

Bonne pioche, grand brun d'1m90, ingénieur informatique qui cherchait une relation durable pour fonder une famille. Maîtrisant parfaitement sa nouvelle technique d'approche, elle finit enfin par la mettre en application, à savoir une présentation d'elle même plutôt amusante et spirituelle, manière de lui démontrer qu'elle était une fille plutôt sympathique et vive d'esprit, une synthèse de son parcours personnel et professionnel avec une description précise de ses attentes et enfin un petit interrogatoire habilement mené pour valoriser cette nouvelle proie.

La pêche fut excellente car le poisson mordit rapidement à l'hameçon de la ligne ensorceleuse de Camille! David répondit donc en retour à son mail et s'en suivirent de multiples échanges, chastes dans un premier temps puis de plus en plus osés et sensuels ce qui l'émoustilla sans surprise. Ils correspondirent ainsi pendant presque deux mois, jusqu'à ce qu'il lui annonce brutalement qu'il avait rencontré quelqu'un d'autre.

Un brin dépitée mais bonne joueuse, elle lui souhaita bonne chance, pensant qu'elle n'aurait plus jamais l'occasion de faire sa connaissance .

C'était le mois de Février, deux mois s'étaient écoulés depuis leur dernier échange . Afin de mettre un peu de soleil dans sa vie monotone et insipide, Camille s'octroya quelques jours de vacances en République dominicaine en compagnie de son fils, espérant toutefois et comme à son habitude, rencontrer sous les cocotiers, un célibataire qui n'attendrait qu'elle.

Quel fut son étonnement, quand quelques jours avant leur départ, elle reçut un nouveau mail de David lui demandant si elle était toujours dans la catégorie « cœur à prendre »,car lui, avait vraisemblablement fait son retour dans le camp des abonnés solitaires. Et bien oui elle l'était encore et toujours, inexorablement et désespérément !!

Ils finirent enfin par convenir d'un premier rendez vous aux retours des vacances de Camille, ce qui serait un atout séduction évident pour elle. Elle reviendrait fraîche et reposée, toute belle et bronzée!

Mais en attendant ce moment qu'elle avait tant espéré, il ne fallait pas baisser la garde et prendre le risque de se le faire capturer par une autre pêcheuse affamée et réactive...

Arrivée sur son lieu de vacances, sa première préoccupation fut de trouver un moyen d'accéder à sa messagerie électronique pour garder le contact avec le bellâtre virtuel . Le Club vacances où elle séjournait, proposait des bornes internet d'où elle pourrait continuer sa séduction par écran interposé.

Plusieurs fois par jour, ils échangeaient des messages. Elle lui racontait ses journées de farniente et d'excursions dans ce paradis tropical et lui décrivait cette nature luxuriante et d'une incroyable beauté sauvage qui s'offrait à elle au travers d'intenses moments de contemplation. De son côté, il lui faisait partager son quotidien d'informaticien, sa passion pour le cinéma mais surtout ses désirs d'homme esseulé en quête d'amour, ce qui nourrissait de plus en plus les fantasmes et l'imagination de Camille. Le charme opérait, les mails devenaient aussi de plus en plus intenses et l'attraction se dessinait doucement mais sûrement. Elle était à la fois très heureuse d'être dans ce lieu paradisiaque avec son fils chéri mais avait très envie aussi que le temps passe plus vite pour retrouver enfin celui qui la tenait en haleine « onirique » depuis plusieurs mois. Il lui arriva du reste de laisser aller son imagination, alors qu'allongée sur le sable , elle sentait la chaleur de son souffle se rapprocher de ses lèvres... provoquant une montée de désir aussi brûlante que le soleil des tropiques qui la caressait, comme auraient pu le faire les mains de son correspondant encore irréel qu'elle imaginait douces, grandes et très habiles.

C'était à la fois terriblement excitant de découvrir quelqu'un à travers ces écrits et de presque tomber amoureux, mais aussi angoissant car une petite partie d'elle même était consciente qu'elle conjecturait et que la réalité pourrait, le jour venu de la rencontre, lui paraître bien différente de son imaginaire.

Et c'était tout cela l'art d'utiliser le virtuel à des fins réelles, il fallait apprendre à naviguer entre le chimérique enchanteur et la réalité manifeste, alors elle se raccrocha au précepte

« qui ne tente rien, n'a rien! »

Ces 10 jours passés au bout du monde, bien que profitables lui parurent interminables. Elle espérait que le vent des caraïbes n'éteigne pas l' espoir de ce retour de flamme tant attendu.

Camille finit par rejoindre le continent. Bien détendue et dorée à souhait, jouissant d'une condition physique et mentale idéale, elle pourrait appréhender cette rencontre sous les meilleures auspices.. Avec David, ils décidèrent de se retrouver le plus rapidement possible, très exactement un dimanche après midi et fixèrent leur tout premier rendez vous dans un parc aquatique non loin de la résidence dans laquelle il vivait.

Circonstances parfaites pour lui offrir visuellement son corps hâlé par le soleil dominicain et le faire chavirer d'un seul regard, s'autorisa t-elle à penser.

Le jour J arriva enfin, comme pour un passage d'examen, ce

premier face à face suscita chez elle beaucoup de stress et d'excitation . Elle était déjà séduite par cet homme qu'elle ne connaissait que virtuellement, mais quelle réalité l'attendrait? Allait elle lui plaire et lui plairait il en retour? Ils se rejoignirent en même temps, chacun de leur côté sur le parking de la piscine.

Soudain, elle vit sortir d'une petite voiture de couleur gris foncé, un géant vêtu d'un long manteau noir qui allongeait sa silhouette et décuplait par la même, la perception de sa taille si bien qu'elle en fut presque apeurée...waouh le géant noir ! Il avait du en manger du maïs! pensa t-elle amusée.

Ils se rapprochèrent lentement l'un vers l'autre avec dans son esprit, la scène du film "un homme et une femme" et le fameux chabadabada en fond sonore! Arrivée à sa hauteur dont elle n'arrivait qu'à moitié, ses craintes s'effacèrent devant son sourire C'était un attirant jeune homme de cinq ans son cadet avec de beaux yeux noirs, qui affichait un sourire craquant à l'intimider mais qui la rassura immédiatement.

Entre espérance et crainte, elle découvrait enfin celui dont elle ne connaissait qu'une partie voilée et statique à travers l'écran. Rien de comparable avec ces expressions tellement charmantes d'un visage animé et le trouble ressenti à l'écoute du son enivrant de sa voix, et c'était exactement ce qu'il se passait avec David.

Avant qu'ils ne se retrouvent en petite tenue aquatique, ils entamèrent quelques préliminaires en palabrant autour d'un verre, manière de se connaître un peu mieux, ce qui lui permit d'observer ces belles et grandes mains, à coup sûr très enclines à la caresser, comme elle avait pu lubriquement les imaginer. Ces instants furent déconcertants de naturels, légers, plaisants comme le moment où ils se retrouvèrent en maillot de bain au bord de la piscine bondée. Première rencontre et ils découvraient déjà leurs corps presque dénudés ! Cela laissait présager du meilleur à venir...

L'après midi s'achevait mais leur envie de rester ensemble s'amplifiait. David lui proposa un dernier verre qu'ils sirotèrent un peu plus tard dans sa garçonnière. Le temps passait trop vite, et les obligations familiales de Camille faisant, elle le quitta avec regret pour retrouver avec joie et toute guillerette son fils , sans qu'il ne se soit rien passé d 'autre qu'un fort désir de se revoir.

Très vite, leurs rendez vous se succédèrent créant l'espérance d'une longue et belle histoire de cœur. David la recevait le plus souvent dans son appartement tout neuf dont il était récemment devenu propriétaire. C'était un homme très ordonné, soigneux et également très bon cuisinier, ce qui le rendait encore bien plus attirant aux yeux de Camille qui aimait également la bonne chère tout comme l'idée de partager ses tabliers et son fourneau avec lui. Ils goûtèrent ainsi aux délices et spécialités de Bretagne dont il était originaire et sa légendaire cuisine au beurre salée, sans pour cela qu'ils ne s'arrondissent de quelques autres kilos superflus puisque leurs retrouvailles se finissaient toujours sous la couette. Leur entente physique et intellectuelle était parfaite, ce qui conduisit un peu rapidement Camille à ressentir un profond attachement à ce garçon et le souhait que ce sentiment soit aussi partagé.

Amoureuse, elle était prête à tout pour susciter le même engouement de la part de son bel amant. Alors elle déployait des trésors d'imagination pour le faire craquer et le surprendre avec la panoplie de la femme libertine et polissonne : petite lingerie sexy, soirée à thème avec différents déguisements appropriés.

La vie était trop courte pour s'ennuyer : tel était son credo, au lit comme ailleurs.

Un rien l' amusait et aiguisait son esprit libre et plein d'humour. Piquante, séduisante, elle ne laissait jamais sa fantaisie au vestiaire. A elle les surprises qui pimentaient le train-train, à elle le sel de l'improvisation. La routine, elle ne connaissait pas et n'avait surtout pas envie de la connaître. Son attitude pleine de fraîcheur la rendait plutôt agréable à vivre et étant à la fois aussi bien joueuse que passionnée, elle ne risquait ni lassitude ni désillusion. Mais alors, il serait d'autant plus difficile avec ce tempérament de feu et cette personnalité complexe de trouver son alter ego ou tout au moins un homme qui serait aussi déjanté qu'elle pour l'aimer telle qu'elle était vraiment avec le paradoxe d'être à la fois enflammée mais aussi très romantique.

En fin de compte, ce jeu de l'amour et du hasard n'en valut pas la chandelle car cette relation ne perdura que le temps d'un printemps ; David finissant par avouer à Camille qu'il ne ressentait pour elle qu'une belle amitié mais aucun élan d'amour, à son grand désespoir .
Une fois de plus, elle retrouvait le banc des esseulées déprimées et rallongeait la liste des nombreuses « Bridget Jones » pour qui la vie ressemblait plus à une longue série d'épreuves insurmontables qu'à une épopée fantastique.
Alors comme après chaque nouvelle déception, mais franchissant avec brio toutes les étapes de ce nouveau deuil, elle ne refit surface que quelques mois plus tard pour s'autoriser d'autres histoires sans lendemain mais plusieurs années pour rouvrir son cœur malmené jusqu'ici, à de beaux et profonds sentiments.

CHAPITRE III

Retour vers le futur

Un peu découragée par de nouvelles recherches infructueuses sur d'autres sites de rencontres, Camille se résigna à se déconnecter du net pour s'engager de nouveau dans une démarche plus naturelle et plus passive, et laisser à la destinée le soin de provoquer la rencontre fortuite et inéluctable qui changerait à tout jamais le cours de sa vie ....autant en emporterait le vent des galères sentimentales. Elle retrouverait alors son identité réelle et ne se cacherait plus sous des pseudos fantasmatiques sortis de son imaginaire. Elle raccrocherait sans remords ni regrets, les masques et costumes et en finirait avec ces jeux de rôle stériles.

2006, l'année de ses quarante ans . Elle arrivait au fameux tournant de l'existence si difficile d'appréhender pour bon nombre de personnes . Elle se sentait à la fois au point culminant et flamboyant de sa vie mais d'un autre côté, s'annonçait la pente descendante vers l'infini et l'au delà ...C'était donc la période idéale pour faire le bilan et l'analyse de son passé mais surtout le moment de se fixer des objectifs pour l'avenir.
Son parcours affectif ayant souvent traversé des contrées désertiques, il était capital pour son équilibre de poursuivre une route professionnelle plus épanouissante. Une démotivation générale quant à la pratique de son travail de soignante la gagnait progressivement. Elle ne trouvait plus le même plaisir à retrouver ses patients pour lesquelles elles n'avaient justement plus la même patience. La passion laissait place à la désillusion. Elle ne

se sentait plus vraiment à sa place dans ce milieu médical où le temps passé à s'occuper véritablement de la personne manquait. La fatigue et le désintérêt la submergeaient d'autant que les conditions de travail devenaient de plus en plus difficiles et stressantes. Dès lors, il était impératif de penser à une possible reconversion pour ne pas finir blasée et aigrie, mais aussi par respect envers la patientèle qui demandait à juste titre une professionnelle tout aussi enjouée et dynamique qu'à ses débuts.

Miraculeusement, germait au fond d'elle la petite graine de la création d'entreprise, projet qu'elle et son amie d'enfance Coco mûrissaient depuis longtemps. Dès leurs plus jeunes années, elles avaient toujours envisagé de travailler ensemble et de créer une affaire dans le domaine des loisirs ou du tourisme.

Surfant sur la nouveauté et l'expansion de ce concept, l'idée de la maison d'hôtes s'imposa tout naturellement à elles, encouragées par leurs parents qui leur apportaient sur un plateau le lieu idéal à ce dessein. Le costume de chef d'entreprise, active, libre et sexy en tailleur jupe faisait fantasmer Camille et la prise de pouvoir qui allait avec.. l'avenir allait se révéler beaucoup moins glamour puisque c'était d'un tablier de cuisinière, masseuse ou soubrette qu'elle allait revêtir! Bien que...

Cette réalisation devait la remotiver pour la poursuite des années qui se profilaient et pallier l'insatisfaction de sa vie sentimentale mais surtout elle redeviendrait assurément la fille battante, vivante et prête à relever tous les défis qui sommeillaient encore en elle.

Deux ans de travaux de rénovation d'un ordinaire bâtiment agricole furent nécessaire pour enfin voir leur projet prendre forme en une jolie maison toulousaine lumineuse et spacieuse dans un endroit calme et paisible face à la chaîne des Pyrénées.

Décidément, la vie offrait à Camille, le privilège d'incarner différents rôles telle une actrice de cinéma. C'est donc avec exaltation qu'elle enfila un nouvel uniforme et exprima tous ses talents artistiques en créant un intérieur à la décoration chaleureuse, originale et conviviale. Elle allait ainsi créer un joli havre de paix où elle pourrait s'épanouir sereinement en continuant de prendre soin des personnes , sans blouse blanche mais avec tout autant de dévotion et d'enthousiasme.

C'est également à cette période transitoire et mouvante de sa vie qu'elle retrouva sur son chemin, Paul, un vieux copain d'école.

Ils avaient, comme tous ceux de leur génération et du même village, pris des chemins divers et variés tant dans leurs vies professionnelles que personnelles. Néanmoins, une petite poignée d'entre eux étaient restés sur cette terre qui les avaient vu grandir , ce qui leur donnait l'occasion de se croiser épisodiquement, sans forcément se fréquenter intimement.

C'est à l'initiative d'un autre ami de promotion qu'ils reformèrent le temps d'une année, un petit groupe de travail pour la préparation d' une grande soirée retrouvailles qui leur permettrait de remonter le temps, revoir tous les autres camarades d'enfance qu'ils avaient perdus de vue. Projet excitant et émouvant qui leur donnait l'opportunité de se réunir régulièrement pour évoquer de vielles anecdotes et souvenirs scolaires et bien sur organiser ce bel événement . Camille eut, de ce fait, la joie de revoir Paul. Elle le redécouvrait pas si différent de ce qu'elle se rappelait de lui, il y avait de cela vingt cinq ans. Il était toujours resté le garçon doux, gentil , attachant et discret qu'elle avait gardé en mémoire ; simple et sans prétention alors qu'il appartenait à une famille de notables du village ; ce qui en faisait dans son inconscient, quelqu'un d'inaccessible, pour elle, la fille issue d'un milieu bien plus modeste .

Physiquement, il était devenu un grand et bel homme, aux tempes grisonnantes et dont l'irrésistible charme et regard la troublèrent rapidement. Marié avec deux enfants, sa vie était bien rangée mais sans qu'elle ne comprenne vraiment pourquoi, elle pouvait lire sur son visage une certaine mélancolie dont elle finirait par connaître l'origine. C'était imperceptible mais une infime partie d'elle était heureuse de le retrouver à chaque nouvelle réunion et la grande soirée anniversaire passée, ce fut avec tristesse et déception qu'elle se résigna à l'éloignement entre eux, ce qui n'allait être que momentané.

Quelques mois après l'ouverture de la maison d'hôtes, Paul lui proposa de recommander son hébergement à ses collègues de travail en déplacement dans le région. Il fut donc très régulièrement amené à passer des soirées chez Camille.

Son hypersensibilité bien exacerbée, elle ressentait profondément la fragilité de cet homme qui, quelque peu démuni, retrouvait une bulle d'oxygène chaque fois qu'il venait chez elle puisqu'il tardait toujours à repartir quand bien même il savait que son épouse l'attendrait.

Et tout doucement, au fil des mois, Paul s'ouvrit à elle et lui livra sa malheureuse condition maritale. Il se sentait incompris et souffrait en silence. Ses confidences la touchèrent et réveillèrent son côté bon samaritain, elle qui détestait l'injustice et toujours prête à défendre la veuve et l'orphelin. L'idée de voir souffrir Paul insupportait la compatissante Camille, alors que grandissaient de plus en plus fort en elle de nouveaux mais intenses sentiments d'amour. Aussi quand leurs rencontres vinrent à s'espacer, le manque se fit sentir...et le constat fut sans appel, danger à l'horizon ! Encore et une nouvelle fois, elle était désespérément en train de tomber amoureuse d'un homme marié. Rien n'y faisait, elle avait beau se raisonner et se rappeler ses douleurs passées, ce genre de sentiments profonds, ancrés viscéralement en soi ne donnent aucune chance de réagir, elle ne le savait que trop. Et bien qu'elle eut raccroché sa blouse d'infirmière mais gardé une bonne dose de compassion, rien ne pourrait la tempérer et calmer l' ardente flamme qui pour cet homme, brûlait en elle . Impossible pour Camille de laisser Paul, d'une douceur délicate, continuer à se détruire et plonger chaque jour un peu plus dans le désespoir. Alors telle une héroïne chevaleresque, elle endosserait la cape et l'épée pour le sauver....

Sur ses conseils, et prétextant qu'il devait prendre soin de lui et se détendre, Camille invita Paul à venir tester un massage relaxant dont elle venait fraîchement d'apprendre la technique, avec l'idée pernicieuse de faciliter leur rapprochement. Convaincu, il finit par venir un soir après son travail. Jamais, depuis le début de sa formation , elle n'avait ressenti pareille émotion en parcourant de ses mains chaudes et frissonnantes le corps abandonné de son ami si précieux. Le sien, au contraire, bien ancré dans cette réalité suggestive, s'enflammait pour cet homme qui ne se doutait de rien. Telle une vierge effarouchée, elle tremblait d'émoi tout en l'effleurant et le caressant du bout des doigts . Ce fut un moment fort, d'une extrême sensualité mais d'un parfait professionnalisme et self contrôle de sa part. A aucun instant, il ne lui traversa l'esprit de le choquer avec quelques manœuvres érotiques, même si son imagination était, à ce moment précis, complètement débridée! Pour avoir recueilli plus tard le ressenti de Paul, l'effet envoûtant et troublant fut le même. Il avait bien perçu cette incroyable volupté qui se dégageait de ses mouvements et en fut même étonné et un peu embarrassé. Loin d'imaginer la réaction qu'il provoquait chez elle, Camille espérait toutefois qu'il perçoive son application intérieure et presque télépathique à lui transmettre la chaleur de son amour .

Cet instant marquerait à jamais sa mémoire et prendrait la première place de la case « excellente et incomparable réminiscence », comme le souvenir quelques années auparavant des bois enchanteurs où elle faisait l'amour avec Étienne .

Après qu'il se soit revêtu, elle dut se résigner à le laisser s'en aller alors qu' une forte envie de le retenir et qu'il la serre fort dans ses bras, s'empara d'elle . C'est ainsi qu'au moment de son départ, dans un élan d'attraction , elle laissa échapper sa fougue et se précipita sur lui comme un aimant pour l'embrasser suavement et un peu sauvagement. Agréablement surpris, il accepta volontiers ce tendre baiser qui éclaira son visage jusqu'alors triste et fermé...

« Toi alors! » lui lança t-il .

Un tsunami venait de déferler dans la vie de Paul et encore une nouvelle fois dans celle de Camille ...

Son cœur s'emballait à nouveau pour cet homme toujours et encore inaccessible qu'elle devait ramener à la vie, à l'amour et surtout vers elle, coûte que coûte…

Ce fut une difficile et douloureuse entreprise qui devait la laisser quelques mois plus part bien meurtrie...

Quatre petits mois allaient suffire pour conditionner le reste de sa vie et l'amener vers d'autres voies... Paul aussi n'était pas prêt à tout quitter pour elle et de son côté, elle ne pouvait désespérément l'attendre comme elle l'avait pu le faire quelques années plus tôt avec Étienne.

Quel véritablement déchirement que de renoncer à poursuivre cette relation défendue dans laquelle ni l'un ni l'autre ne s'épanouissait, sans compter que Paul subissait les symptômes post traumatique d'un déferlement émotionnel provoqués par l'asphyxie d'un enfermement conjugal : le doute, la peur, les questionnements existentiels.

Toute cette histoire avait été trop vite et Camille était loin d'être étrangère aux conséquences de l'indécision de Paul. Elle n'avait su contrôler ni son impatience ni son emballement, alors quelle leçon de modestie devrait elle retirer de toute cette histoire ? Quelle gageure de croire en sa toute puissance pour vouloir à tout prix le bonheur d'un être à son insu ? Comment, en effet, pouvait elle penser être la seule dépositaire de son salut alors que nous avons seuls la responsabilité de notre bonheur ? Constat bien amer qu'elle devait réaliser quelques mois plus tard quand Paul décida de quitter définitivement son épouse pour de nouvelles conquêtes dont elle ne ferait désormais plus partie. Son amour propre en prenait pour son grade, elle, qui impétueusement était prête à tout donner pour cet homme bien meurtri aussi .

En quelques mois, un deuxième tsunami revenait la submerger, autant dire qu'elle se demandait quelles ressources elle trouverait en elle pour se relever de cette nouvelle mais violente blessure affective. Retour à la case départ avec la persistante amertume que laisse ces histoires au goût d'inachevé et qui ne la quitterait plus jamais.

Par bonheur, elle n'était pas seule au monde, et pouvait compter sur le soutien de sa proche amie Coco, si présente et compréhensive pour l'aider à maintenir le cap et avancer courageusement vers un meilleur horizon.

Alors qu'elle accusait le choc de ce nouveau capotage, elle choisit de s'investir à fond dans son rôle de gérante de maison d'hôtes, poursuivant l'exigence de satisfaire au mieux sa clientèle tout en ne laissant rien paraître de sa tristesse. Un souffle d'optimisme ne la quittant jamais vraiment, peut être le ciel lui enverrait cet être inespéré et tant attendu. Et sans le savoir, elle refaisait chaque jour passant, la couche de son futur prétendant...

Quoi de mieux qu'un nouvel amour pour en chasser un autre, se persuada t-elle avec détermination.
La période qui suivie fut néanmoins compliquée à gérer car, toujours en contact avec Paul par son travail, Camille fut fréquemment amené à le revoir avec ses collègues. Tout en essayant d'effacer de son esprit ce nouvel échec cuisant, elle persistait par pudeur à afficher le masque de la gaîté alors qu'il continuait à lui livrer ses problèmes familiaux et sa vie sentimentale. Elle persistait inlassablement à endosser le rôle de psy, d'amie confidente, d'infirmière alors qu'elle était toujours et profondément attachée à cet homme.

C'est dans ce contexte déroutant et par dépit, que profiter de la vie « sans prise de tête » , conformément au leitmotiv de nombreux célibataires masculins sur les sites de rencontres, devint aussi sa devise . Tel le papillon sorti de la chrysalide, elle déploya ses charmes pour voleter avec légèreté vers des amants de passage et quelques fois réguliers pour lesquels elle dut apprendre à retenir ses nobles sentiments en créant une forteresse dans laquelle il serait désormais difficile de pénétrer! Enfin presque, quelques accès privés restant ouverts...

Elle fit alors pendant cette période, l' expérience de la douceur de relations sensuelles sans engagement affectif. Ces aventures étaient à la fois excitantes, délirantes, confortables et à travers lesquelles la jouissance du temps présent prenait pour la première fois tout son sens! Carpe Diem... Pas de projet, pas d'attente, pas de sentiment, pas de lien trop fort ou de dépendance...juste un avant goût de Paradis ...et puis cette expérience fut riche d'enseignement sur sa propre personnalité complexe et surprenante. Elle développa comme précédemment avec David, son imagination et ses talents créatifs en matière notamment de scenarii coquins que lui inspira plus précisément un homme plein d'humour avec lequel elle connut une vraie complicité amicale et sexuelle. C'était une expérience relationnelle nouvelle dont la presse féminine s'empressait de mettre en lumière : avoir un sex-friend , c'était très tendance . Elle adorait donner à sa vie une saveur épicée , une composition romanesque et en jouir au sens propre comme au figuré et devenir ainsi une vraie disciple d'Épicure.

Mais c'est bien connu, chassez le naturel et il revient au galop. Alors comme un cheval fougueux, son tempérament passionné et romantique devait resurgir et avec lui l'attirail de la femme fatale en attente de vrais sentiments dont elle savait mieux que quiconque jouer le rôle.

Il s'était écoulé deux ans depuis la fin de son histoire avec Paul et le soir où ils se retrouvèrent autour d'un verre pour bavarder. Elle espérait toujours au fond d'elle même qu'il lui revienne mais ce ne fut pas vers cette direction qu'il la dirigea.
En fait, il venait à son tour de tenter l'expérience de la rencontre virtuelle en s'inscrivant sur un site qui vous dénichait votre moitié grâce à un test de compatibilité . A coup sûr, ce moyen scientifique fiable et précis devait déterminer les profils de

personnes correspondant le plus possible aux critères souhaités. L'ordinateur remplaçait désormais l'entremetteur et devait sélectionner les supposées âmes sœur en fonction de sa propre personnalité scrupuleusement étudiée dans ses moindres particularités et singularités . Son expérience fut plutôt concluante car peu de temps après il rencontra celle avec qui il allait entamer une relation solide et durable .

Lui avait réussi là où Camille s'était fourvoyée et avait échoué à chaque fois. Était ce son profil qui dérangeait ou qui n'était pas assez accrocheur ? ou bien était ce son comportement suggestif et impatient qui faisait fuir les hypothétiques prétendants? Que d' interrogations se bousculaient dans sa tête pour lesquelles elle ne trouvait pas réponses mais qui grâce à Paul lui permettraient peut être d'avancer vers une démarche d'introspection et d'approche différente de la première fois. Son expérience positive la convainquit de retenter l'aventure de la toile matrimoniale , pour dégoter enfin la perle rare qui viendrait se loger bien au chaud dans sa coquille. Et puis ce serait peut être une nouvelle occasion de le retrouver et pourquoi pas tenter de le reconquérir par ce biais puisqu'il était encore inscrit sur ce site.

.

2ème PARTIE

L'ardent courriel ou le nouveau roman épistolaire

Chapitre I

Carrie et le gentleman jardinier

Déterminée, elle reprit sa carte de chasseuse virtuelle en Septembre 2010. Nouvelle inscription dit nouveau profil. Elle choisit cette fois un nouveau pseudo qui correspondait davantage à la femme épanouie et sûre d'elle qu'elle était devenue. Fan d'une série télévisée américaine dont l'héroïne était une célibataire new-yorkaise à la recherche de l'amour et à travers laquelle elle s'était pas mal identifiée, c'est tout naturellement qu'elle emprunta Carrie, le prénom de ce personnage de fiction comme nom de scène . Comme cette aventurière sentimentale du petit écran, et après avoir vécu de nombreuses aventures sans lendemain, Camille gardait toujours l'espoir intangible de tomber une bonne fois pour toute amoureuse d'un homme qui le serait tout autant en retour .

Ses exigences et ses attentes n'avaient pas forcément évolué et changé et restaient somme toute assez surréalistes. Bien que ne recherchant plus à tout prix le physique irréprochable, un homme charismatique , ayant de l'esprit et en bonus de l'humour, prétentieusement la comblerait . Son divorce, depuis bien longtemps « digéré », elle n'aspirait plus à la quête du Graal de la vie commune puisque elle avait gagné courageusement son indépendance et apprit à vivre plus en paix avec elle même.

Cette fois ci et compte tenu de son âge plus avancé, elle choisit de mettre une de ses photos la plus avantageuse possible, car c'était le gage de nombreuses consultations de son profil ;

critère primordial pour augmenter sa popularité et ainsi lui permettre de choisir parmi ceux qui s'intéresseraient à elle. Elle croyait encore et toujours à sa bonne étoile comme les 100 % des gagnants du loto qui ont tenté leur chance et remporté le jackpot...la roue de l'abondance sentimentale finirait bien par tourner et la récompenserait de son attente active et son combat de tous les jours contre une pesante solitude affective.

Cupidon n'était probablement pas très loin car il se pencha sur son cas plus rapidement qu'elle ne s'y attendait. Un homme au portrait agréable la contacta rapidement. C'était Lagascogne, 52 ans, secouriste, 1m80, 90 kg, de muscles ...enfin espérait elle !.. il habitait le beau département du Gers qu'elle affectionnait tout particulièrement pour y avoir un peu travaillé et dont elle appréciait la douceur de vivre bien connue. Alors sans nul doute le bonheur serait dans le pré gersois! Tout cela semblait bien de bonne augure!
Ce bel inconnu lui demanda rapidement de se dévoiler! Quel coquin pensa t-elle? Mais il s'agissait tout simplement qu'elle décrypte sa photo floutée et se faisant, lui donner l'autorisation de la contacter.
C'est ainsi que débuta entre eux, une longue série d'échange de messages dans un premier temps courtois et délicats mais qui allaient vite basculer dans un registre plus érotico- sensuel.

Lagascogne : « Enchanté Camille, comment allez vous ? Je ne sais pas si le bonheur est dans le Gers comme vous le prétendez, mais moi c'est le cas ou presque ! Il me manque d'aimer et d'être aimé pour vivre le vrai bonheur et enfin me sentir vivant !
Parlez moi de vous ! Ce que vous aimez, n'aimez pas, de vos passions, de vos loisirs, de votre vécu pourquoi pas et ce qui vous

a amené sur ce site de rencontre ! De vous quoi !signé Patrice »

Carrie ; « Enchantée Patrice, Je suis Camille. Depuis longtemps divorcée et dans l'attente comme vous de me sentir de nouveau vivante comme vous le dîtes si justement . Dans une autre vie, je fus infirmière non loin de chez vous et puis la quarantaine et ses remises en question m'ont conduite à changer de vie. Je me suis donc lancée avec l'aide de ma famille et d'une amie dans l'aventure de la maison d'hôtes depuis maintenant trois ans. La particularité de notre accueil, c'est le bien être. Nous possédons un spa, et moi, je me suis formée à des massages détente, ce qui est devenu ma passion. Comme vous pouvez donc vous en douter, ce que j'aime, c'est la famille, recevoir, bien manger, faire du bien aux autres et me faire plaisir aussi...une vraie épicurienne en somme ; autrement j'adore aussi les voyages..
Voilà mais je ne vais pas tout vous dévoiler maintenant...
La balle est dans votre camp !A bientôt »

Quelques jours s'écoulèrent sans qu' elle ne reçoive de messages... que se passait il ? Cet homme semblait s 'intéresser à elle et puis plus rien, plus de son plus d'image... une forte concurrence sévissait sur ce terrain de chasse alors il fallait absolument qu 'elle sache ce qu'il se cachait derrière cet écran vide de courriel en provenance du Gers.

Carrie : «Alors Monsieur le secouriste, trop occupé à sauver des vies pour papoter avec moi ? »

Lagascogne : » En effet, je suis occupé à papoter avec de multiples contacts ! Il va falloir faire un choix...sourire ! C'est déjà beaucoup de pouvoir faire un choix, n'est ce pas ? »

Médusée, elle réalisa qu'elle venait de dégoter un vrai Casanova, un peu trop sûr de lui, un exemplaire qui jouait déjà avec ses nerfs et pour le coup se montrait beaucoup moins intéressant qu'elle se l'était imaginée...

Carrie : « Faites le bon choix et bonne chance si vous trouvez celle qui vous rendra vivant
A bientôt peut être ! »

Lagascogne : « Je savais que cette petite phrase ne vous plairait pas mais je ne vais pas faire l'hypocrite en vous disant que je ne dialogue qu 'avec vous ou que je ne suis occupé qu 'à sauver des vies ! Ceci dit, ce qui m'arrête chez vous et là je ne vais pas vous plaire du tout c'est votre différence taille/poids qui est égale! Ce qui est le cas d'une sportive car le muscle pèse ! Je sais que cela fait catalogue mais il vaut mieux le dire avant qu'après ! Tout cela ne me rendra pas vivant bien sûr car ça élimine tout le reste et notamment la magie d'une rencontre qui est au dessus de ces critères physiques !
A bientôt peut être ! »

Pauvre type ! Pensa t-elle plutôt vexée...pour qui se prenait il ? En était on réduit à une simple liste de normes standardisées et impersonnelles? Toutes griffes dehors, elle reprit sa souris et lui répondit sans tarder.

Carrie : « Et qui vous dit que je ne suis pas sportive ! Et même que j'ai des mensurations de rêve, de vrais formes pulpeuses avec lesquelles je n'ai jamais eu aucun problème pour séduire, bien au contraire ! Alors Dommage cher Monsieur, vous n'aurez pas le plaisir de succomber à mes irrésistibles charmes ! »

A bon entendeur, salut ! Elle avait assez d'amour propre pour que ce genre d'individu ne l'atteigne avec ses considérations et exigences hyper-sélectives, bien plus encore que les siennes, mais ceci dit, il avait su aiguiser sa curiosité et son envie de le capturer dans sa toile malgré sa résistance.

Plutôt que de le décourager elle avait aussi très habillement suscité chez lui, son intérêt car il lui proposa malgré tout de la rencontrer, l'appel des formes sensuelles jouant probablement et parfaitement son rôle.

Leurs emplois du temps respectifs bien remplis , ils devaient se rencontrer seulement deux semaines plus tard. Pendant toute cette période d'attente, ils continuèrent à échanger des mails dans lesquels ils se livraient plus intimement sur eux même et leurs attentes, ce qui permit d'abandonner rapidement le vouvoiement entre eux. Le parcours affectif de Patrice était touchant, et sous les premiers aspects brut de décoffrage qu'elle avait cru percevoir chez lui, se cachait un être sensible qui avait vécu de terribles drames familiaux. Deux parmi les trois femmes dont il avait été éperdument amoureux, étaient décédées. Quel sort serait réservé à ces prochaines conquêtes, pensa elle peu rassurée ? Cela était un peu « flippant » mais son rôle de soignante refaisant instantanément surface, il était naturel qu'elle poursuive la connaissance de cet être que la vie avait bien abîmé et tenterait de lui redonner le sourire comme ce dimanche où leurs échanges allaient basculer dans un registre plus sensuel.

Carrie : « Toc, toc, y a t' il quelqu'un et puis je entrer, je passais juste prendre des nouvelles et t'apporter une part de tarte à la pomme « virtuelle » à moins que tu ne préfères d'autres desserts !

Mais peut être n'es tu pas gourmand ? »

Lagascogne : « coucou, belle blonde ! Adorable tu es avec ces petits messages ! Et oui je suis très gourmand, notamment des pâtisseries et de tous les desserts en général ! Bon dimanche à toi aussi mais tu sais que je travaille, toi aussi je crois ? Bisous

Carrie : « oui je travaille mais chez moi et entre l'arrivée d'hôtes prévue dans l'après midi et ceux partis en fin de matinée, j'ai le temps de vagabonder sur le site et voir si j'ai reçu un message de la Gascogne ! L'avantage de travailler chez soi c'est qu'entre 2 chambres refaites (sans DSK!rire) je peux aller rafraîchir mon corps brûlant dans la piscine ! »

Lagascogne : « je suis aussi de garde chez moi, j'aimerai bien « défaire » une chambre avec toi!lol ; bon courage à toi aussi, polissonne...j'adore ! »

Carrie : « mais moi je serais peut être consentante ! Espèce de polisson ! »

Lagascogne : « moi aussi je serais peut être consentant ! Lol je suis beaucoup plus sensuel que sexuel (mon côté féminin sans doute) donc il me faudra de la tendresse, de la séduction ! Ceci dit, je suis un homme et j'aurai sûrement beaucoup de mal à résister à une belle jeune femme consentante comme toi !! nous verrons bien ma petite ! »

Subitement, la température de cette fin du mois de septembre remontait fortement ! Et cette séduction virtuelle d'une sensualité assumée commençait à la rendre vivante, à réveiller sa libido et de plus en plus accro à sa messagerie. Elle avait hâte de rencontrer cet homme qui la flattait, s'intéressait à elle et qu'elle faisait également fantasmer !

Carrie : « Il est long le temps à attendre avant de te découvrir ! C'est la première fois qu'écrire à quelqu'un me stimule autant ! C'est très intéressant de ressentir une partie de l'essentiel et d'attendre de découvrir le reste,c'est bien de se dévoiler doucement ; signé la polissonne »

Lagascogne : « Moi aussi j'ai hâte de te rencontrer pour finir de te dévoiler!car nous sommes deux polissons qui je pense, aimons faire l'amour, je me trompe ? « Donc le mieux pour être sûr de te voir, c'est de prendre un rendez vous massage privé...J'adore !!! »

Carrie : « J'avoue, tu ne te trompes pas trop ! Mais même si je parais être légère et que je suis plutôt une fille libérée, je ne couche jamais au premier rendez vous!!lol alors avant de te faire un massage en privé, il vaudrait mieux que tu vois mes mains et que tu contrôles mon poids!!n'est ce pas ? »

Lagascogne : « Zut de zut ; il va falloir que j'attende combien de rendez vous pour coucher ? Je te taquine ! Plus sérieusement laissons faire les choses, je n'ai pas de principe en la matière car si nous nous plaisons, tout est possible ma petite polissonne ! Je n'ai pas pensé une seconde que tu puisses être légère sinon je n'aurais jamais eu l'envie de te rencontrer ; douce nuit ma « puce » et fais de beaux rêves,,,il suffit que tu rêves que tu es dans mes bras mais sois sage, réserve toi pour moi ! Tendres bisous, à bientôt de te lire ma petite et adorable Camille. »

Le beau brun aux yeux clairs remontait dans son estime, il devinait sa sensibilité et la charmait lentement. Il savait la taquiner et touchait ses points sensibles ; ceux qui aiguisaient son inspiration et son imagination romanesque. Il devenait son prince , son loulou, son amant virtuel..son rêve éveillé ! Si bien que ses nuits étaient de plus en plus agitées, avec des réveils intempestifs qui la ramenaient vers sa messagerie en espérant découvrir un dernier message de cet homme qu'elle ne connaissait pas encore mais qui la chamboulait . Elle était obnubilée par cet être qu'elle était en train d'idéaliser et dont elle commençait à tomber amoureuse. L'attente jusqu'à leur rencontre devenait de plus en plus insupportable, l'évocation d'un rapprochement physique de plus en plus souvent amené avec subtilité mais sans ambiguïté, comme le désir grandissant entre deux amants. La pensée retranscrite pouvait donc bien susciter l'émoi autant que l'approche physique réelle. Le coup de foudre virtuel existait il?

Lagascogne : « oui je crois que cela peut exister le coup de foudre virtuel, la preuve, nous deux ! Mais c'est un amour intellectuel, imaginaire et fantasmagorique ! Tout le contraire du coup de foudre réel qui n'est que sexuel. Peut être aurons nous les deux et alors là, je ne réponds de rien ! Je te saute dessus ! En tout cas, ce serait super heureux de retomber amoureux et de me sentir vivant »

Carrie : « C'est exactement ce à quoi je pensais. Je me disais qu'effectivement, plus les jours passent et moins je risque de maîtriser mes réactions face à toi ! Moi aussi je pourrais te sauter dessus, imagine comme dans un film hollywoodien, des feux d'artifices derrière nous alors que je m'abandonne dans tes bras et que tu me renverses en m'embrassant, ce serait vraiment un beau cadeau pour moi aussi d'être à nouveau amoureuse et vivante »

Lagascogne : « Super si tu ne maîtrises pas car si il y a quelque chose qui n'est pas maîtrisable, ce sont bien les sentiments et c'est tant mieux ! Moi aussi je m'abandonnerai en toi ! Et aimer c'est s'abandonner non ? Douce nuit ma petite, je t'envoie un bouquet de bisous doux. »

Carrie : « douce nuit mon d'Artagnan, j-3 avant que nos regards se croisent, un après midi nous suffira t-il pour une première prise en main? Peut être n'aurons nous plus envie de nous quitter ?

Lagascogne : « fatigué je le suis avec les nuits que tu me fais passer ! À rêver de toi, il faut que je sente que l'on ai envie de moi , j'aime donner du bonheur à l'être aimé ! Oui peut être n'aurons nous plus envie de nous quitter ou peut être t'enfuiras-tu ?

Carrie : « c'est dingue ce qui nous arrive, moi aussi mes nuits sont agitées, je me couche et me lève en pensant à toi. J'imagine des scenarii de jeux entre nous, et tu sais, il est très rare que l'on m'inspire autant et d'avoir une telle complicité pour un inconnu croisé au détour d'une balade virtuelle. Tu n'imagines même pas à quel point j'ai hâte de te retrouver , en savoir plus encore sur toi, les choses importantes et celles qui le sont moins. »

Lagascogne: « Tu me manques, c'est fou ça! je compte les heures que me séparent de toi, bien que je m'occupe l'esprit ! Bon, je te laisse pour aller tondre ma petite pelouse en attendant de très vite m'occuper de la tienne ! »

Carrie : « cela tombe bien, elle aurait bien besoin d'un jardinier à temps plein pour son entretien et pour lui rendre son éclat et sa fraîcheur ! Rires »

Lagascogne : « c'est dingue, cela ne m'était jamais arrivé d'avoir envie d'être avec une femme sans la connaître en réalité ! C'est à la fois troublant et excitant ! J'ai envie d'être avec toi et en toi...j'ose, je me lâche ! Quel délire comme tu dis ma louloute ! Je t'adore ! »

Elle en était convaincue, elle ne prendrait pas ses jambes à son coup et rien ne pourrait gâcher cette rencontre. Tout serait parfait, à commencer par la mise en scène de la rencontre qu'elle lui soumettrait. Leur découverte se ferait hors des sentiers battus, et plus originale que des lieux de rencontres classiques autour d'un verre dans un quelconque restaurant ou autres lieux publics. Le beau temps était annoncé le jour J. Bien que loin d'elle des idées lubriques ou presque, elle lui proposa un pique nique au bord d'un lac situé à mi chemin entre leurs lieux de vie respectifs qui s'accompagnerait d' un scénario bien précis.

Carrie : « Votre mission si vous l'acceptez consistera à retrouver votre petite princesse endormie au bord du lac, aux alentours de douze heures si vous le pouvez et surtout pas avant, afin qu'elle ait le temps de se préparer !
Vous devrez, pour la réveiller et qu'elle se révèle enfin à vous, lui donner un tendre baiser (vous ne serez pas obligé de mettre la langue!). En espérant que ce ne soit pas mission impossible pour vous. La princesse sera alors délivrée et pourra enfin se dévoiler. Attention ce message s'autodétruira et vous recevrez bientôt un numéro d'urgence à appeler en cas d'envies sexuelles consenties

ou pour envoyer et recevoir des SMS coquins mais interdiction d'écouter la voix de votre chère princesse.

Oh mon chevalier ! Les heures et minutes à attendre deviennent de plus en plus pesantes et j'ai bien peur que tu ne doives le moment venu me réanimer tant l'émotion sera au rendez vous ! C'est la dernière fois que je t'embrasse virtuellement... »

Lagascogne : « la mission bien que périlleuse me plaît et je la mènerais jusqu'au bout ! Sourire ! Je serai là à douze heures pile, je te réveillerai avec un doux baiser, avec ou sans langue!!lol mais avec amour ! je te renvoie mon numéro en cas d'urgences uniquement, et pour m'envoyer des textos coquins pour entretenir la flamme de l'attente,et d'accord pour que l'on ne découvre nos voix que le jour de notre rencontre (j'ai une voix de mâle paraît il ! Normal j'en suis un ! En effet ,au stade où l'on en est (c'est incroyable,nous avons une intimité intellectuelle et presque sexuelle) se plaire physiquement est presque secondaire ! Ton être intérieur me plaît et j'en suis amoureux ! Le reste c'est la « cerise » sur le gâteau si je puis dire ! Beau je suis, lol ! Bien que ce soit subjectif en effet, mais j'ai surtout du charme parait-il ! Il faut se plaire, je pense, pour plaire aux autres aussi ! Sans être narcissique bien sûr ! Donc je suis l'idéal, mdr (Mort de rire). Je t'embrasse tendrement ma louloute !"

Plus que trois jours à attendre cet incroyable tête à tête qui changerait peut être le cours de sa vie et lui offrirait le cadeau qu'elle espérait le plus au monde. Déjà éprise d'un être qu'elle ne connaissait qu'au travers d'un écran ; quel coup du sort pourrait rompre la magie de ces instants à rêver de son idéal ?

Ce lundi de début d'octobre devait être l'un de ses plus beaux souvenirs de rencontre via internet. Comme elle l'avait fortement espéré, les conditions météorologiques s'annonçaient idéales. Un doux soleil d'automne l'accompagnerait dans la réalisation de la mise en scène et faciliterait la préparation du décor de la pièce qui se jouerait dans quelques minutes. Elle avait donc prévu d'arriver un peu à l'avance pour déployer sur la pelouse aux abords du lac, la jolie nappe rose aux motifs indiens, sur laquelle elle disposa çà et là quelques coussins de sol aux mêmes tonalités; tout cela à l'abri des regards et à l'ombre d'un marronnier. Perfectionniste , elle ne laisserait aucun détail au hasard, comme ces pétales de rose rouge qu'elle dispersa pour un effet des plus romantique. Dans son panier en osier bien garni, avaient pris place quelques mets et bouchées gourmandes à déguster qu'elle imaginait bien servir en guise de préliminaires. Impossible d'imaginer ce tête à tête sans les bulles grisantes du champagne qui les aideraient à diminuer la pression des derniers jours et augmenteraient l'effet désinhibiteur dans l' ultime but d'éventuellement se déshabiller!

Quelques minutes avant l'heure initialement prévu pour le rendez vous, son téléphone la fit sursauter, et la détacha de ses pensées entièrement dirigées vers son amoureux encore imaginaire. C'était lui et pour la première fois , elle découvrait sa voix grave, nasale et résonnante qui la surprit et l'interloqua car elle perçut à travers ces intonations la signature vocale d'un homme bien plus mûr... mon Dieu, et si il y avait tromperie sur la marchandise...

Il était arrivé au parking du lac et ne la trouvant pas, il l'appela pour qu'elle le guide. C'est alors qu'elle l'aperçut se rapprocher d'elle. Elle se l'était imaginé bien plus grand et bien plus longiligne . Au fur et à mesure qu'il se rapprochait et alors que son cœur s'emballait à la fois de crainte et de joie, elle discerna un bel homme viril , bien musclé et charpenté à la silhouette « rugbalistique » bien différente de la perception de délicatesse et finesse que laisser entrevoir ses écrits. Ils se rapprochèrent timidement l'un vers l'autre, comme leurs lèvres tremblotantes de découverte charnelle.

Elle le prit par la main pour le conduire vers le petit coin douillet qu'elle lui avait spécialement aménagé , ce qui vraisemblablement le toucha. Assis face à face elle pouvait enfin mieux le dévisager et tenter de scruter ses moindres subtilités physiques et déceler quelques composantes de son for intérieur. Comme son intuition lui avait soufflé, Patrice paraissait plus vieux que l'âge qu'il avait inscrit sur son profil mais il restait charmant et son doux regard bleu effaçât rapidement tous ses doutes.

Alors qu'ils parlaient tour à tour de leurs vies et qu'elle lui faisait déguster les délices sucrés salées qu'elles avaient apportées, leurs corps se rapprochaient subtilement l'un vers l'autre. Il était tendre , attentionné avec une sensualité naturelle et bienveillante, il releva délicatement sa robe en dentelle grise tout en caressant de ses larges et fortes mains, ses cuisses. Quel moment magique réalisa t-elle? Ses lèvres chaudes et charnues sur les siennes la transportait dans une autre dimension... elle se sentait transportée comme Jasmine sur le tapis d'Aladin s'élevant vers le ciel avec le sentiment d'être seuls au monde...le rêve bleu!....

Ils ne pouvaient plus résister à l'appel du désir et de l'envie grandissante de s'abandonner l'un dans l'autre. C'est ainsi qu'il lui proposa de l'amener chez lui pour clore le pique nique qui de cette façon, remplirait toutes ses promesses...

Il habitait un petit appartement au rez de chaussée d'une résidence sécurisée. La visite fut très rapide du fait de l'espace restreint mais aussi de leur impatience à rejoindre la chambre de Patrice, leurs bouches gourmandes affamées... Le dessert fut à la hauteur des espérances de la sensuelle Camille. L'homme qui l'avait fait fantasmer ces dernières semaines se révélait être comme dans ses projections, attentif à son plaisir, tout en habileté ; sans doute le privilège de l'homme mature et expérimenté. Il faisait preuve de douceur et de force s'appliquant à la conduire au septième ciel. Qu'il était fort cet Aladin, qui pouvait d'un coup de baguette magique la transporter dans les plus hautes sphères du plaisir..

Non seulement c'était un magicien mais aussi, un excellent jardinier qui avait su soigner sa pelouse un peu défraîchie et abandonnée depuis quelques mois.......

La fin de la journée pointait son nez et le moment de le quitter avec regret aussi. Sur le trajet du retour, alors qu'elle rejouait dans son esprit le film de cette incroyable journée, une profonde plénitude et un certain apaisement l'envahirent. C'était trop tôt pour conclure à la pérennité de cette histoire mais son tempérament inlassablement optimiste lui dictait d'y croire encore.

Et comme son cœur parlait facilement, elle ne put résister à l'envie de lui écrire un petit mail de remerciement un peu plus tard dans la soirée, et lui livrer ses nouveaux sentiments.

Carrie : « Coucou Doudou, suis rentrée à bon port, tu as mené ta mission à merveille et bien plus encore...J'ai beaucoup aimé ta douceur, ton côté sécurisant (je me suis sentie bien dans tes bras)...Je fus touchée aussi par ton parcours de vie, ce qui fait de toi quelqu'un de très attachant dont on peut(en l'occurrence moi) tomber amoureux! mais il est trop tôt pour le savoir. J'espère donc profondément que l'on se reverra très vite. Merci de m'avoir ouvert ta maison et ta couette ! Je t'embrasse tendrement."

Lagascogne : « Merci de l'avoir ouvert ton cœur! Je ne suis pas amoureux non plus mais je t'apprécie beaucoup et je suis bien avec toi comme si je te connaissais depuis toujours? Oui, on se reverra dès que possible ma pupuce! Tendres bisous... »

Elle l'avait quitté physiquement mais son souvenir la hantait. En fait, elle était bel et bien amoureuse de lui mais trop gênée pour lui avouer ses sentiments hâtifs et puis, ce n'était vraisemblablement pas réciproque alors cet aveu n'aurait pas impacté la situation. Néanmoins elle avait envie de s'accrocher à l'idée qu'avec le temps, et la promesse de ces échanges virtuels si intenses, que des sentiments naîtraient chez Patrice, et qu'en se découvrant un peu plus chaque jour, ils pourraient vivre une jolie histoire.

Impossible pour elle de résister à la tentation de le recontacter très vite. Il lui manquait déjà et continuait à perturber son sommeil....

Carrie : « Il est une heure du matin et je me suis réveillée en pensant à toi et à cette journée d'hier tellement magique ! Parfaite comme le décor, les scènes,les acteurs, les émotions, tes caresses généreuses et tes langoureux baisers, la mise à nu de ton cœur et ton corps si doux et puissant à la fois, tes bras si accueillant dans lesquels on aime se blottir ; tout y était pour signer la trame d'une comédie romantique et érotique. Mais je ne me résigne pas à quitter cet espace virtuel (où tu es venu me chercher). J'ai envie encore de te faire sourire avec mes messages, de te faire fantasmer et imaginer tout ce que tu ne connais pas encore de moi,,,j'ai envie que tu continues à m'aimer virtuellement, mentalement, que mes messages te manquent et que très vite c'est de moi dont tu sois en manque !

Sur ces bonnes paroles, je retourne dans les bras de Morphée à défaut des tiens, continuer à rêver de mon loulou au grand cœur, à mon chevalier gascon...

Tendres bisous mon poulet...DU GERS ? Élevé au grand air, élevé en plein air ! LOL »

Trop impatiente, elle passa toute la journée à vérifier si un message lui était parvenu de sa nouvelle conquête, avec la déception renouvelée lorsque qu'elle ne voyait pas son nom sur la liste de sa messagerie électronique. 20h50 toujours pas de réponse, l'angoisse la gagna. Et si ce silence signait la fin de l'histoire ! Oh mon dieu, et si elle s'était encore fourvoyée dans une aventure éphémère et chimérique ...

Carrie : « N'as tu plus envie de me parler, ou me trouves tu trop envahissante ? Si c'est le cas, promis je respecte et j'arrête,,, A + peut être ? »

Enfin la réponse tomba à 23h

Lagascogne : « Pas du tout ma Pupuce, je ne suis pas toujours sur le net ! Je vais bien et toi comment vas tu ? »

Pour ne pas lui montrer sa nature impulsive et empressée, elle tenta bien de ne lui répondre que le lendemain mais elle ne put s'y résoudre et craqua en pleine nuit !

Carrie : Comme tu peux le constater, en ce moment j'ai beaucoup d'insomnies, je me réveille souvent sans savoir exactement ce qui m'arrive bien que je pense en avoir une vague idée, est ce le fantôme de l'amour qui hanterait mes nuits ? Je m'interroge alors pour m'aérer mon cerveau, c'est décidé je reprends le sport ! Enfin un vrai, pas celui que l'on pourrait faire ensemble plus souvent si il n'y avait pas autant de distance entre nous !
Bisous Loulou !! »

Oh oui, il fallait absolument qu'elle se vide la tête et redescende du petit nuage sur lequel son chevalier gascon l'avait transporté et son délire avec ! Elle succombait à la dépendance des ces premiers instants d'émoi dans lesquels elle mettait encore une fois tous les espoirs de vivre le véritable amour. Mais le danger de redescendre trop vite et de chuter encore planait sur elle et son cœur fragile et bien fêlé, pourrait se briser à nouveau. Alors pour se protéger de cet éventuel risque, elle décida de lui faire partager son ressenti, ses doutes et la peur qu'elle pressentait quant au devenir de leur relation et quant à sa propension à s 'emballer toujours trop vite. Devait elle freiner pour éviter l'accident et qu 'elle ne reçoive un nouveau choc en pleine face ?

Carrie : « Plus sérieusement, une petite explication s'impose : J'ai décidé de ne plus t'écrire pendant quelques jours car je crois que j'ai besoin de reprendre mes esprits et revenir à la réalité. Je commence à devenir accro à ces messages mais surtout à tes retours. Ta rencontre aussi bien virtuelle que réelle me perturbe sincèrement, des sentiments se mélangent en moi et me font peur, moi qui voulait ne pas me prendre la tête, c'est raté. Pour le coup, je suis vraiment tombée sous ton charme. Comme tu l'écrivais ces derniers jours, j'ai aussi la sensation de te connaître depuis toujours tellement le courant est vite passé entre nous et tellement je me suis sentie bien avec toi ! Serait ce mon côté fleur bleue qui me fait un peu trop t'idéaliser ? Quoiqu'il en soit, je ressens que tu es un homme qui peut donner beaucoup d'amour, par tes petits gestes et tes petites attentions à mon égard. C'est de cela et d'un homme comme toi dont je rêve et pour lequel je suis capable de donner en retour autant d'amour. Voilà, j'espère qu 'après t'avoir ouvert mon petit cœur, tu ne prendras pas tes jambes à ton coup et que tu auras encore envie de me revoir !Sache que moi, j'ai hâte

et très envie comme pour la première fois !
A bientôt Loulou et prends soin de toi
Ta pupuce »

Lagascogne : « oui, revenons à la réalité Pupuce ! Il est vrai que j'étais bien avec toi et même très bien, mais je ne suis pas amoureux de toi ma Pupuce, j'aimerai rester ton ami et ton amant parfois si tu veux bien sûr ! Mais ne me demande pas plus même s'il est vrai que j'ai beaucoup d'amour à donner, je ne pourrais sincèrement m'abandonner ! Je me rends compte que j'ai quelque chose de cassé en moi car je n'arrive plus à Aimer vraiment quand je suis très bien avec la personne, avec une femme comme toi !
A bientôt Pu puce et prends soin de toi aussi
Bisous tendres de ton chevalier gascon. »

Le verdict qu'elle redoutait et que son intuition aiguisée lui avait soufflé, fut sans appel. Son avenir sentimental avec cet homme était bien compromis. Devait elle accepter sa proposition amicale et libertine de rendez vous coquins entre eux et faire une croix sur les sentiments? C'était une fille assez persévérante, prête à relever tous les défis et même si la tâche s'annonçait critique, elle la mènerait jusqu'au bout et sans regret, car au final, l'Amour ne serait il pas la plus belle récompense ? Et puis, les expériences passées ne lui avaient elles pas appris comment soigner son petit cœur malade ? Carrie la téméraire manœuvrerait habillement....

Carrie : « Merci pour ton message et c'est mieux ainsi, car effectivement j'aurai attendu plus de ta part.Une friandise de temps en temps quand je suis en mal de sensualité et d'affection ; alors pourquoi pas avec toi? Quand tu dis qu'il y a quelque chose de cassé en toi, je comprends tout à fait, après toutes ces épreuves

que tu as traversées. Je suis d'ailleurs très admirative de ton parcours qui, tu l'as bien compris me touche profondément. J'aurai bien aimé être celle qui t'aide à recoller les morceaux et t'apaiser ! On reste en contact mon loulou d'amour !!
Ta petite princesse. »

Lagascogne : « Merci pour ta compréhension ! Oui j'ai sûrement peur d'aimer ! Pour le reste, ça serait une joie d'être comme tu dis ton « sex_friend » de temps en temps quand tu le souhaites bien sûr, car j'ai pris plaisir à faire l'amour avec toi ! Ceci dit si tu rencontres l'amour j'en serai heureux pour toi et resterai ton ami !
Pleins de bisous partout,partout !
Ton Loulou d'amour »

Carrie: « Promis je te laisse l'exclusivité du premier arrosage de ma pelouse lorsqu'elle sera parfaite et oui, si je rencontre l'Amour , le vrai, je resterai aussi ton amie ! Moi aussi je t'embrasse partout, partout ! »

Lagascogne : « alors il me tarde que ta pelouse soit parfaite pour la caresser, la biner !! rires Tu es adorable et j'espère que tu resteras mon amie ! Toi aussi, tu me fais rire ! »

Bien qu'envahie par le sentiment réitéré de déception et d'injustice face au manque d'amour de son prétendant à son égard, elle s'obstina à vouloir le charmer par des écrits fantaisistes et très créatifs. Elle connaissait son goût pour la littérature, l'écriture et sa vivacité d'esprit était d'autant plus de grains au moulin de son inspiration....

Lagascogne : « C'est très agréable tout ce que tu m'écris et tu as vraiment un don pour l'écriture, sincèrement tu devrais écrire un roman ou autre ! Ce qui me fait peur, c'est que tu attendes trop de moi, en un mot que tu tombes amoureuse et que tu souffres à cause de moi ! Je ne veux surtout pas cela Louloute, surtout pas te faire souffrir, bien au contraire ! Je ne te cache pas que je continue à chercher, et donc à rencontrer. Pour le reste pas de problème pour se voir et plus si tu veux, c'est tellement bon avec toi ! Lol

De toute façon le jour où je serai vraiment amoureux, tu le sauras et j'espère que nous resterons amis malgré tout comme j'ai d'autres amies adorables !

J'aime la « femme » et elle me le rend bien, parce que je la respecte et je ne lui mens pas sur ce que je suis et ce que je ressens !

Pleins de bisous tendres Ton Loulou »

En définitive, ce mail résumait bien ce qu'elle pressentait mais qu'elle se refusait à accepter et lui faisait resurgir les mêmes interrogations psycho - existentielles concernant ses choix amoureux . Qu'est ce qui avait bien pu clocher une fois de plus ? Alors que leur complicité intellectuelle lui semblait tellement parfaite, où donc se situait le problème ? Chez elle, chez lui, et bien elle devait très vite avoir la réponse !

Carrie : « Tu as raison, mon cœur s'est un peu trop vite emballé, d'ailleurs je te remercie pour ces derniers jours passés à échanger ces mails, ce qui m'a rendu vivante et extrêmement joyeuse ! C'était excellent, dommage qu'il n'y ai pas eu de ton côté la flamme pour qu'enfin nous soyons vivants ensemble (d'ailleurs, y a t 'il quelque chose que t'a bloqué chez moi ? Nous nous sommes vus qu'une seule fois et tu savais déjà que tu n'étais pas amoureux

! Comment sait on cela ? Mis à part le coup de foudre, l'amour ne peut il pas venir avec le temps ? »

Lagascogne : « Oui l'amour peut venir avec le temps Pu puce, mais je pense aussi qu'au début il faut ce petit plus qui, comme tu dis, fais qu'on est sur un nuage ! Et surtout que ce soit réciproque ! J'ai souvent été aimé mais j'ai très peu aimé (trois fois dans ma vie et même ces trois fois c'était un amour différent mais à chaque fois il y a eu cette flamme, cette magie qui nous fait dire c'est elle, c'est lui que j'attendais ! Tu le sais ce qui m'a bloqué (le mot est fort quand même) c'est que tu n'es pas Uma Thurman c'est tout ! Sourire ! les trois femmes que j'ai aimé avaient ça en commun, un physique longiligne (grande, mince, sportive et blonde !) Sourire »

A cet instant, elle comprit que leur humour respectif était en complet décalage ! Sa lourdeur et son insistance à lui exprimer sans scrupule son goût pour les filles filiformes, l' énerva passablement mais elle ferait profil bas et lui démontrerait qu'une fille aux courbes un peu plus généreuses était tout autant digne d'amour.

Lagascogne : « ce qui m'a plu chez toi c'est ta joie de vivre, ton humour, ton intelligence pétillante et que tu sois bien dans ta peau ! Et ce que j'ai découvert,c'est que tu es adorable, que faire l'amour avec toi est agréable car tu es vivante mais le seras tu maintenant que je t'ai dit tout cela !!
J'espère néanmoins que tu tiendras ta promesse de me recevoir chez toi et que j'aurai l'exclusivité de ta soyeuse et touffue pelouse...rires !
Je t'embrasse tendrement sur toutes tes lèvres. »

En effet, son chevalier s'était trompé de cible et c'était bien son cœur qui avait été transpercé. Elle faisait parti de ces dommages collatéraux d'un chasseur qui pour atteindre sa proie tire sur tout ce qui bouge. Elle se sentait blessée, humiliée par cette vérité qui n'était pas la sienne. Elle ne comprenait pas que l'on s'attache autant à des considérations physiques alors qu'intellectuellement beaucoup d'appréciations les rapprochaient.

A ce moment précis, elle aurait dû comprendre que rien n'y ferait, ni l'attrait de ses dispositions sexuelles, ni ses écrits enflammés et plein d'humour. Mais c'était une fille qui ne renonçait pas facilement et comme tout un chacun détestait perdre. Alors elle opta pour une solution moins radicale que la rupture et choisit de faire en suspens le deuil d'une histoire d'amour tout en gardant comme amant, cet homme si délicat et doux qu'il était malgré tout. Un sursaut de réalisme lui prôna de continuer sa quête de la perle rare, espérant qu' une nouvelle occasion se présenterait.

Carrie : « Aucun problème avec le fait que mon physique t'ai « bloqué » enfin pas complètement, espèce de polisson ! Comme je te l'ai déjà dit, je n'ai aucun problème avec mes formes pulpeuses, qui ont été plus un atout qu'un frein et personnellement je préfère de beaucoup masser une personne un peu enrobée ! C'est beaucoup plus sensuel et agréable. C'est étrange que quelqu'un d'intelligent, sensible et ouvert d'esprit comme toi s'attache à de simples critères physiques. Pourquoi vouloir tomber amoureux du même type de personnes ? Il est vrai que moi aussi je suis plus attirée de prime abord par des hommes grands et minces non comme toi au style plutôt athlétique ou rugbymen mais ce n'est qu'un détail pour moi. Car le plus important a été nos échanges et cette sensibilité que j'avais pu ressentir chez toi et ces attentions que tu portes à la femme.

Quant aux promesses, je me fais un devoir de les honorer et t'invite avec plaisir chez moi afin de prendre soin de mon jardin secret. »

Lagascogne : « Il ne m'a pas bloqué ton physique, tu en as eu la preuve Pupuce, mais ces critères physiques sont inconscients je crois ! En réalité, ce qui me fait craquer ce sont les cavalières ou amazones, petite, grande mince ou ronde peu importe mais je trouve qu'une femme à cheval, c'est très beau ! Blague à part, je pense qu'en réalité, il y a quelque chose de cassé chez moi puisque je n'arrive plus à aimer vraiment. Je recherche d'ailleurs à être bien avec une femme et quand je suis bien et que je la rends heureuse, cela suffit à mon bonheur...voilà pour la partie physique ! Rires

Ce sera un plaisir que te retrouver dans ton univers et de te faire profiter de ma « main verte » !! Gros bisous pleins de tendresse ma Pupuce »

Carrie : « génial, que tu viennes découvrir mon intérieur matériel et immatériel, tu verras l'un est aussi « chaud » que l'autre LOL

Dommage que je ne monte pas à cheval mais par amour je serai prête à le faire, et m'appliquerait aussi bien que de monter un étalon comme toi! »

Pour ce qui est de ma pelouse, préfères tu une surface réglementaire car je ne voudrais pas être hors jeu .

Je t'embrasse signé ta pulpeuse pupuce adorable ! »

Lagascogne : « j'ai envie de toi là maintenant, veux tu me monter pour une chevauchée fantastique ! Lol

bisous partout signé ton loulou »

Carrie : « oh oui! je te monterai bientôt au pas, au trop, au galop... Sais tu que mon signe astrologique chinois est le Cheval ! Incroyable non, alors vois tu, nous ne nous sommes pas rencontrés par hasard! Le cheval pour la femme libre et le Lion mon autre signe astrologique, pour rugir de plaisir...

Et toi? Quel est il? Je t'imaginerai bien Chat, pour son côté indépendant, libre aussi, sensuel, joueur et aimant se frotter contre les jambes des filles! LOL

Caresses à mon chaton,. »

Lagascogne : « Non je suis serpent ma pupuce! Et comme ascendant je suis Cheval aussi et oui j'aime me frotter entre les jambes des filles comme un étalon! Rires!

Bisous »

En effet, le serpent lui correspondait parfaitement ! Il savait par des moyens détournés, avancer habilement pour hypnotiser ses proies et leur injecter du venin afin de les rendre dociles et complètement dépendantes de lui...

Dans son parcours spirituel et métaphysique, on avait souvent dit à Camille de faire attention aux signes du destin, celui là en était probablement un!

Alors qu'ils continuaient à converser par écran interposé, elle s'aperçut qu'il avait changé de photos et qu'il en avait rajoutées de plus anciennes qui lui donnaient un faux air de Patrick Duffy sortant de l'eau dans l'homme de l'Atlantide...

Carrie : « Super les nouvelles photos, je suis sûre que pleins de jeunes femmes blondes, grandes et filiformes vont craquer sur toi! En attendant j'ai préparé ton nouvel ordre de mission pour ta venue chez moi que je te transmets dès que nous sommes convenus d'une date! Bisous »

Lagascogne : « comment as tu deviné ma Pupuce, c'est un véritable harcèlement que je subi (trente deux messages de demande de contact) mais dans la tranche d'âge 50/55 ans, trop âgées! Rires...et comme un chevalier gascon et non pas comme un James Bond, je lirai attentivement ton ordre de mission et l'honorerai du mieux possible et toi avec! LOL
Je te confirme l'horaire de ma venue très vite! Il me tarde de voir si ta pelouse a bien poussé! Rires »

Carrie : « en parlant de pelouse, voici ton ordre de mission « spécial jardinage » :
Votre mission si vous l'acceptez, consistera à enseigner toutes les techniques de base du jardinage à une élève inexpérimentée mais volontaire, un peu timide et farouche mais particulièrement douée pour l'apprentissage. Le cours sera privé et une tenue de rigueur sera mise à votre disposition ! »
Votre élève vous rejoindra dans votre classe ou « chambrée » où vous dispenserez aussi bien des cours théoriques que pratiques...Après avoir bien travaillé, vous aurez la possibilité avec votre élève de vous relaxer à l'espace détente situé dans l'établissement.
Voici les objectifs du programme de la formation :
mettre en confiance l'élève afin qu'elle puisse appréhender et jardiner plusieurs types de terrain!
Lui apprendre le maniement des outils nécessaires à une bonne pousse du végétal,,
lui apporter des conseils en matière de technique de plantation et d'arrosage (maniement d'un gros tuyau)

lui apprendre les influences lunaires (reconnaître une belle pleine lune!)

lui enseigner à prendre plaisir à regarder la nature et s'en émerveiller..

Le tout avec compréhension, douceur mais aussi fermeté à l'égard de ses acquisitions...

Une prochaine session obligatoire sera nécessaire à leur évaluation.

Votre accueil est donc prévu très vite! Nous vous remercions de l'intérêt que vous porterez à cette mission et du professionnalisme dont vous avez l'habitude de faire preuve, afin que votre élève soit la plus épanouie possible...

Alors « bon pour accord » mon Loulou!! »

Lagascogne : « OUAAA!! je suis mort de rire et scotché par ton imagination et je dirais même par ton talent d'écriture car j'ai vraiment plaisir à te lire! Vraiment!

Je pense qu'à l'issue de ce programme et surtout de cette formation, l'élève dépassera le maître, je crains même que cela ne soit déjà le cas...sourire!

Je te souhaite une douce nuit et vais rejoindre les bras de Morphée en attendant d'être dans les tiens.

Bisous tendres virtuels pour ce soir. »

Enfin le jour de sa venue chez Camille arriva et se déroula comme par enchantement. Après qu'elle lui ai fait faire le tour du propriétaire, il allait en faire un tout autre beaucoup moins conventionnel. En effet, Patrice allait très vite visiter toutes les parties intimes de la forteresse de Camille dont l'accès serait parfaitement pénétrable! Ces heures délicieuses passées ensemble finissaient de la convaincre de leur complicité tant physique qu'intellectuelle. Ce fut donc avec frustration qu'elle dut le laisser repartir en fin de soirée, ce dernier prétextant son devoir d'assistance auprès de sa mère âgée alors qu 'elle espérait tant passer la nuit dans ses bras protecteurs.

Trois jours se passèrent avant qu'elle ne lui renvoie un mail d'analyse de la formation qu'il s'était appliqué à lui dispenser!

Carrie : « Après quelques jours de réflexion, voici enfin la fiche d'évaluation du formateur remplie!
Mr Lagascogne, formateur en psycho sensualité du jardinage :
Les objectifs de la session sont ils atteints?
mise en confiance et épanouissement de l'élève : oui +++ : a été envahie à maintes reprises d'ondes de plaisir!
Maniement des outils : oui :compréhension du « tout dans le doigté »
conseils relatifs à la plante masculine : oui : surtout penser à dire que c'est toujours lui le meilleur et rester réaliste sur ses intentions!
Approche de l'influence lunaire : Oui : observation de toutes les faces!
Prendre plaisir à regarder la nature et s'en émerveiller : oui +++ : inoubliable, contemplation du coucher du soleil, les corps entrelacés.
Indiquez votre ressenti envers chacun des énoncés présentés ci dessus :
Le contenu de la formation correspond il à vos besoins ? Oui : au delà de mes attentes.
Les techniques d'enseignement, ont elles favorisé l'apprentissage ? Oui : douceur, sensualité, gourmandise, émotion, quel bonheur d'apprendre, encore et encore !

Les exercices et activités, étaient ils pertinents à la formation ?
Oui :exercices facilités en milieu aquatique, baisers suaves et langoureux, chaleureuses caresses, profondes et douces pénétrations le tout en flottaison :fabuleux !
Le formateur communique t-il de façon claire et dynamique ?
Oui : communication verbale et non verbale s'exprimant par le corps, les mains, les doigts, les lèvres et la bouche.
Le formateur a t-il respecté le rythme d'apprentissage de la participante ? : oui, lentement, tout en profondeur et délicatesse, la force tranquille !
Recommanderiez vous cette formation ? : oui, sans hésitation mais le formateur, seulement à mes collègues moches et coincées ! Pour que l'on n'y touche pas sauf moi ! Rires
Commentaires et recommandations : mille fois OUI pour une prochaine session et contrôle de la pelouse.. ;
A très vite tendre loulou formateur ! »

Lagascogne : « Coucou Pupuce, comment vas tu ?
Toujours impressionné par ton imagination et ta façon d'écrire que je trouve passionnante. Si j'ai bien compris, je devrais avoir une excellente note au moins 8/10 ! mais c'est grâce à une élève particulièrement douée et volontaire pour cette formation et aussi grâce à un environnement propice et très favorable ! Sourire
Voilà ce que je propose ma pupuce : D'organiser des séminaires de psycho-sensualité du jardinage dans ta magnifique demeure avec un nombre maximum de participantes(une à chaque fois, vu mon grand âge!lol) je demande rien pour ma prestation si ce n'est le gîte et le couvert et la patronne en « dessert » mdr
Tendres bisous de loin
Ton loulou »

Carrie : « OK pour organiser des séminaires, d 'autant que tu auras déjà pris tes marques ! Je m'occuperai de trouver de nouvelles participantes, différentes à chaque fois (brunes,blondes, infirmière, hôtesse de l'air, écolière,danseuse orientale ou japonaise!!) Quand à la rémunération de ta prestation, le paiement en nature fera très bien l'affaire avec en dessert la patronne qui se sera badigeonnée le corps d'huile chocolatée ! pour ainsi faire fondre son formateur !
Mais pourquoi dis tu ton grand âge, à 52 ans , on n'est pas vieux ! Et puis il y a des jeunes gens qui sont beaucoup moins sexy et sensuels que toi !
Bisous Loulou ! »

Lagascogne : « et oui mon grand âge !! car en fait je suis né le jour de l'appel de l'Abbé Pierre ! Alors as tu deviné mon âge ? Si je t 'avais donné mon âge réel comme m'ont avouées 99% des femmes que j'ai ou qui m'ont mis sous la couette sourire ! Elles n'auraient même pas voulu me rencontrer, discuter à la limite ! Mais ensuite elles avouaient que cela aurait été dommage!LOL
Bisous ! »

Une fois de plus , ce dernier message ne la fit sourire que moyennement. Elle découvrait que son amant virtuel lui avait menti sur son âge et qu'en définitive, il était plus proche de la soixantaine que de la cinquantaine mais que pouvait il bien encore lui cacher ?
Et comme à chaque fois que son intuition la titillait, sa raison la rattrapait et la poussait à s'accrocher à son rêve d'idéal plutôt que de se faire confiance et d'accepter d'être elle même enfin ! Au lieu donc de terminer cette histoire et de reléguer cet homme au banc de touche, elle persista dans cette pathétique drague avec la mi

conscience d'en faire un peu trop mais toujours suspendue à l'espoir qu'il finisse par tomber fou amoureux d'elle.

Carrie : « oui et alors ! cinq ans de plus ou de moins !Le plus bel amour de ma vie avait quinze ans de plus que moi et cela ne m'a jamais dérangée. A vrai dire je me doutais un peu que tu mentais sur ton âge. Et sur quoi d'autre ? Pour le coup, je suis encore plus épatée par tes performances ! Tu n'as rien à envier aux jeunes étalons!lol l'expérience, la maîtrise, l'amour des femmes et la satisfaction de leur plaisir sont autant d'atouts à ton potentiel de séduction ! Effectivement, cela aurait été bien dommage que je ne connaisse pas ta couette !
Bisous »

Lagascogne : Merci Pupuce, je ne crois pas t'avoir menti sur autre chose ! Oui l'amour de la femme ; j'ai la prétention de connaître la femme et de savoir ce qui lui fait plaisir, cela suffit à mon bonheur !
Tendres bisous partout »

Carrie : " Je vais continuer à t'inventer de nouvelles missions malgré ton grand âge! et pour te faire oublier les désagréments de l'andropause qui te guette, pour simplement prendre du plaisir ensemble! moi aussi je t'embrasse partout! »

Carrie : "bonjour Doudou, et oui aujourd'hui je change ton surnom, et comme un quotidien, je te propose les chroniques d'une pulpeuse pupuce adorée qui n'a trouvé d'autres moyens de s'occuper de son doudou qu'à distance et virtuellement, de s'occuper de son moral, de son esprit et pourquoi pas de son âme! cela me rend heureuse de savoir que tu souris devant ton écran et moi aussi par la même occasion, peut être penses tu que j'en fais un peu trop, mais je m'en fiche, car t'écrire me plaît et toi seul en ce moment nourrit mon inspiration, alors j'en profite.

A très vite.. »

Lagascogne : " mais non Pupuce, tu n'en fais pas trop, tu es adorable et tu me fais rire en effet! tes messages sont autant de rayons de soleil dans mes journées! comment vas tu? et ta pelouse? continue t-elle à bien pousser? il faut bien l'arroser tu sais, mdr! bisous de ton doudou! »

Carrie : "je vais bien merci! je me réjouis facilement de tout ce que la vie m'apporte et essaie de profiter de l'instant présent! comme ce moment d'échange avec toi à travers lequel j'imagine ce lien impalpable entre nous , nos pensées bienveillantes l'un pour l'autre par écran interposé. Ma pelouse, je la regarde pousser jours après jours sous ma douche, mais la sécheresse gagne du terrain alors gageons que bientôt son jardinier lui prodigue de bons soins et qu'avec son beau tuyau, l'arrose généreusement!! rires
Bisous et à très vite. »

Son esprit conquérant était toujours en ébullition! il n'y avait rien à faire, elle ne lâcherai pas l'affaire. Cet homme lui plaisait vraiment, il était tendre attentionné, sensible à son humour, délicat. Il n'était pas encore amoureux mais peut être arriverait elle avec persistance à gagner son cœur! Mais cette tentative s'annonçait plus que délicate, si bien qu' elle lui proposa pour assurer l'intérim de sa vie sentimentale , une compensation temporaire sous la forme une relation d'amitié amoureuse et sexuelle qu'il accepta volontiers.

Carrie : "D'où me vient cette idée de sex-friend? c'est un phénomène nouveau qui m' intéresse depuis quelque mois et que j'ai déjà testé avec un autre homme avant toi. J'ai adhéré à ce compromis qui me permets de prendre du plaisir, sans engagement affectif et les douleurs qui peuvent l'accompagner. Mon parcours sentimental m'a amené à réaliser que j'avais une certaine peur de l'engagement et une peur aussi d'être dans une sorte de soumission à l'homme. Je suis malgré mes recherches assidues et volontaires du grand amour, une femme profondément libre. Et puis, toutes mes vraies histoires d'amour se sont soldées par de la souffrance! alors aimer devient dangereux inconsciemment pour moi. Je rêverais d'un amour inconditionnel qui ne connaitrait ni la jalousie, ni la trahison ni le mensonge, ni même la dépendance, autant dire l'impossible en ce qui me concerne. Il est plus confortable pour moi aujourd'hui, de me sentir légère, désirable sans me prendre la tête! et tant pis si vous, les hommes, pensez que l'on est des filles faciles! Voilà Doudou, j'ai essayé de répondre le plus sincèrement possible à tes interrogations! gros bisous et à bientôt! »

Lagascogne : "enfin une femme libre! j'en ai rencontré très peu et chaque fois j'en ai gardé un souvenir merveilleux! je sais qu'elles seront toujours là pour moi et réciproquement car "l'amitié amoureuse" comme je la qualifie est une amitié sincère et fidèle, elle! sourire!
Moi aussi je ne désire plus m'engager, très certainement par peur ! peur de perdre l'être aimé comme je te l'ai déjà dit. Ce qui me rassure un peu dans tes propos, c'est que je ne suis pas seul comme cela (les autres c'est sûrement par peur de l'engagement ou peur de souffrir) car l'amour fait souvent mal. L'amitié pour

moi c'est vouloir le bonheur de l'autre sans soi! l'amour est plus possessif, personnel ; on aime pour soi mais quand on arrive à aimer sans soi c'est le véritable amour. »

C'était bien cela qu 'elle appréciait chez lui, leurs échanges plus philosophiques et profonds, ces questionnements existentiels qui alternaient avec des moments plus intimes et légers.

Carrie : "Alors je ne sais pas au fond si j'ai réellement connu le grand amour tel que tu le conçois! peut être était est ce un leurre? quoiqu'il en soit tous les hommes que j'ai cru aimer sont toujours restés des amis, moins proche bien évidemment, mais je n'ai pas connu le sentiment de haine ou si peu. J'ai toujours su pardonner les trahisons, les désillusions, ce qui est pour moi aussi un bel acte d'amour. Sur ces belles paroles! à bientôt mon doudou d'amour, amitié! »

Ils avaient convenu de se retrouver cette fois sur les contrées de Camille et en nouveau sex-friend de passer aux travaux pratiques de jardinage. Sa pelouse avait bien besoin d'entretien et son cœur d'un peu de chaleur.

Lagascogne : " Tu vas être déçue la louloute, je réalise que je travaille mardi et les jours suivants! peut être arriverai je à "caser" ma pupuce dans mon planning de sex-friend!
bisous tendres sur les lèvres. »

Carrie : "Déçue je le suis un peu car je vais devoir patienter encore avant de te revoir! en attendant je vais te préparer quelques petits messages surprenants qui t'amuseront et nous permettront de garder un chaud contact! »

Lagascogne : je n'ai pas qu'une femme ma pupuce. En bon sex-friend, tu te doutes qu'une seule amante serait restrictif ...;bisous ma belle »

Cette révélation fut comme un coup d'épée dans son cœur et celles qui allaient succéder finiraient par l'achever

Carrie : "A la différence de toi, un seul sex-friend me suffit. Si nous devons nous voir qu'une seule fois par moi, je ne vois aucun intérêt à poursuivre cette relation, j'ai bien peur de perdre mon imagination, de me lasser et de ne pouvoir maîtriser mes émotions! La relation sex-friend est très dangereuse au fond, sentimentalement parlant. car si tous les ingrédients sont réunis: complicité intellectuelle, physique, compréhension et respect de l'autre , comment ne pas avoir envie de s'investir à fond ? »

Lagascogne : "Comme tu voudras ma pupuce! Tu ne peux avoir un sex-friend en exclusivité! Avec toi, j'avais trois relations en même temps, environ une fois par semaine, trois femmes tout à fait différentes physiquement mais avec un point commun : adorables, intelligentes mais tu es de loin la plus sensuelle. Marie, avec qui j'entretiens une relation depuis trois ans (elle est mariée et sait qu'elle n'est pas la seule et ne me demande jamais rien ou presque et c'est mieux car je crois que ce serait déjà fini depuis longtemps!
Et puis il y a Mylène, qui est séparée mais qui a tellement peur de son ex (le père de ses deux enfants) que c'est le secret le plus total, personne ne sait, ni même son ex, qu'elle décrit comme extrêmement jaloux et dangereux. On ne se voit donc que chez moi. Et puis toi ma pupuce, la dernière, la plus gourmande, la

plus sensuelle et la plus pulpeuse et adorable lol!!

Pour moi l'essentiel est que l'on préserve notre amitié, même si tu rencontrais un autre homme qui t'aime vraiment (ce que je te souhaite profondément). Moi je pense que c'est foutu, je resterai un sex-friend, c'est triste mais c'est comme ça!

Tendres bisous de ton amical doudou… »

Ces aveux devaient signer la fin de leur histoire. Camille comprit alors qu'elle se mentait à elle même et que les expériences d'amitié amoureuse bien qu'extrêmement agréables n'étaient que des interludes en attendant la belle histoire mais en aucun cas un choix de vie assumé. Elle avait beau se persuader que sa liberté était plus importante qu'un attachement affectif, sa quête inconsciente de l'amour partagé était toujours amarré en elle. Patrice ne serait donc pas l'homme de sa vie. Retour à la case départ, aux interrogations post rupture, aux remises en questions personnelles.

Mais qu'est ce qui pouvait bien clocher chez elle? Était elle en train de payer une quelconque dette karmique? Fallait il voir une fatalité déconcertante dans cette succession d'échecs amoureux?

Mais qu' importait l'analyse existentielle, ces différentes leçons de vie finirent par la rendre chaque jour passant , un peu plus philosophe pour apprécier les bons moments qui pouvaient se présenter à elle et lui apprirent aussi à se protéger des faux sentiments et ainsi rebondir moins douloureusement.

Une nouvelle fois désabusée, elle décida de prendre un peu de distance avec les rencontres via internet, son expérience n'ayant pas été jusqu'alors bien concluante et repris le cours de sa vie réelle. Toutefois, il lui restait toujours sous le coude, quelques "sex-friends" de dépannage pour passer du bon temps et se sentir encore vivante, ces quelques instants épisodiques de chaleur humaine la réconfortant toujours un peu. Sa trêve de la toile marieuse n'allait cependant pas trop s'éterniser.

CHAPITRE II

Le retour de Carrie

C'était un beau soir de juin 2013, Camille venait de passer une agréable soirée en compagnie de ses hôtes quand à la l'issue du travail de ménage et rangement habituel, elle regagnait un peu excitée mais satisfaite du travail accompli , son cher et tendre lit douillet sur lequel elle pouvait toujours compter. C'est alors qu'il lui prit l'envie soudaine de surfer sur un site de rencontres où elle s'était déjà inscrite avec comme même pseudo, CARRIE, il y avait de cela une paire d'années mais sa fiche n'était plus active depuis déjà plusieurs mois. Le concept était novateur et plutôt amusant. Les filles étaient invitées à parcourir le supermarché virtuel de mâles en quête d'adoption et à choisir puis mettre dans des paniers fictifs les produits les plus intéressants!!Les participants acceptaient d'être de vrais hommes objets en s'en remettant au bon vouloir de ces dames qui ,une fois n'est pas coutume , prenaient le pouvoir! L'adoption en était donc la finalité. Pauvres petits êtres abandonnés...Elle découvrait la Société Protectrice des Amants!...Mais, pour avoir navigué et un peu testé ce site, elle avait pu constater que la plupart des prétendants étaient bien plus jeunes qu'elle et n'ayant vraiment pas l'âme d'une couguar, elle n'espérait rien, sauf que ce soir là, quelle ne fut pas sa surprise de découvrir qu'un bel homme de cinq ans son aîné avait consulté son profil. Il était vraiment craquant et son visage souriant la conquit immédiatement. Alors, sans attendre, elle reprit la plume ou plutôt son clavier pour tenter une fois encore sa chance sans toutefois trop y croire mais l'affaire lui semblait intéressante d'autant plus que ce beau spécimen n'habitait pas très loin de chez elle.

Son pseudo était énigmatique et se composait d'une suite de lettre majuscules qui probablement avait une signification pour lui mais dont elle s'empressa de se servir comme entrée en matière…

Carrie : « Bonjour Plus Charmant Amant Blagueur!! PCAB! Après des mois d'absence sur ce site, voilà enfin le produit que j'attendais, LOL à deux pas de chez moi, pour une livraison rapide. Mais est il en bon état? et correspondra s'il à mes attentes? peut être pourrais je le déballer bientôt?

Au plaisir…Camille »

Comme toujours, un brin provocante elle suscita la curiosité de sa cible car deux jours après, elle reçut la réponse qu'elle n'attendait plus.

PCAB : « Bonjour, Et bien dites donc, avec tout cela on ne doit pas s'ennuyer! bien au contraire. Libre je le suis, j'habite tout près de chez vous donc pour ce qui paraîtrait être urgent!, pourquoi pas! alors j'attends des nouvelles. Bises ; signé Antoine »

Deux heures plus tard et alors qu'elle lui répondait, lui même connecté, ils prolongèrent la conversation.

Carrie : " Coucou mystérieux PCBA, j'étais justement en train de vous écrire! Aurais je droit à la signification de ce sigle seulement à l'ouverture du produit ?

Quand à l'urgence, pas vraiment, n'ayez crainte cher monsieur, j'ai appris depuis longtemps à attendre. D'ailleurs cela fait un bail que je n'avais repris le clavier pour m'entretenir avec quiconque sur ce site. J'habite la banlieue Toulousaine de l'autre côté du périph! au beau milieu de la nature que j'affectionne tout particulièrement et j'ai un boulot très prenant mais comme la plupart d'entre nous, c'est une belle relation que je cherche avec de beaux sentiments. »

PCAB : « J'ai lu avec attention votre mail. PCAB vient de Porche Cabriolet qui a été ma première voiture de sport. Nous habitons à quelques kilomètres l'un de l'autre. J'aime aussi ma campagne et la votre qui est un peu plus vallonnée. Joli coin du reste. J'ai mon bureau à domicile. Et vous que faites vous? »

Carrie : " Je fus dans une autre vie, infirmière à domicile dans la campagne environnante, j'ai donc arpenté la votre aussi (si je puis dire!). A quarante ans changement de cap professionnel. Aujourd'hui j'ai aussi mon bureau à domicile, car j'ai ouvert une maison d'hôtes avec une vieille amie. »

PCAB : « Belle reconversion! vous connaissez donc bien l'art de recevoir, et êtes sûrement une excellente cuisinière! »

Carrie : " Et bien, vous êtes perspicace, mais par contre, ce que vous ne pouviez pas deviner, c'est que je suis une excellente masseuse! Notre maison d'hôtes propose en plus de chambres à thème, un espace spa avec un équipement de balnéothérapie et une belle carte de massages bien être que je pratique moi même. Alors que dites vous de cela? »

PCAB : « Et bien, je dis bravo! j'ai fais le curieux et consulté votre site internet! jolie réalisation cela donne envie!! »

Carrie : « Merci cher Monsieur, mais que diriez vous si nous continuions cette conversation autrement que par mail interposé ? »

PCAB : « Comme Carrie le souhaite! »

Entre humour et sous entendu malicieux, sa technique de drague virtuelle s'était une nouvelle fois révélée efficace mais quel en serait l'épilogue? et sa précipitation ainsi que son impatience ne serait elle pas une nouvelle fois un frein à la rencontre?

Voilà, le bel inconnu avait mordu à l'hameçon car il lui donna rapidement son numéro de téléphone qu'elle fit sonner sans attendre!

Il se passa environ une semaine avant qu'ils ne se retrouvent face à face. Durant ces sept jours, l'échange d'SMS fut soutenu et le contenu emprunt d'une sensualité sans tabou. Les messages s'enchaînaient et l'appel de la chair rapidement et crûment évoquée. Chose incroyable, c'était la première fois qu' elle faisait l'amour par téléphone portable interposé et communication télépathique, ce qui au demeurant et extraordinairement la fit vibrer de tout son être. Elle ouvrait un peu trop vite une fois encore, la voie de la rencontre sensuelle et peut être laissait elle s'envoler tout espoir d'une histoire sentimentale durable. Comment une histoire d'amour pourrait elle se construire devant une telle exagération à brûler les étapes ? A ce moment là, son analyse était moins aiguisée et ce qu'elle remarquait, c'était qu'un homme s'intéressait à elle et la désirait. Le pathétique constat que, par manque d'estime d'elle même, elle en venait à s'oublier, ne lui effleurait aucunement l'esprit.

Et puis c'était l'été, son corps de femme célibataire brûlait de désir.

Comme convenu, elle le retrouva chez lui en milieu d'après midi pour une première rencontre qui devait être succincte, son emploi du temps ne lui laissant que peu de temps. Sans grande surprise, son charme et son sourire, irrésistiblement la fascina. Le petit moment de gêne passé à s'apprivoiser , ils se découvrirent quelques points communs et amorcèrent un petit rapprochement. Leurs mains d'abord s'entrelacèrent et doucement leurs lèvres se réunirent. Quel agréable moment de tendresse et de soulagement réalisait elle plutôt rassurée car cet homme lui plaisait vraiment. Ils convinrent de se retrouver un peu plus tard dans la soirée pour finir ce qu'ils avaient commencé quelques heures plus tôt, ce dont elle mourait d'envie!

La nuit fut à la hauteur de ses espérances. Tout était parfait, le rythme et l'accord de leur corps dans cette danse sensuelle, sa puissance et sa douceur qui la comblait. Elle le quitta au petit matin, fatiguée de la nuit blanche qu'elle venait de passer mais tellement sereine qu' elle n'envisagea à aucun moment ne pas le revoir même si ni l'un ni l'autre ne firent allusion à un quelconque nouveau rendez vous.

Une fois rentrée chez elle, ses pensées tournées incessamment vers lui, ses automatismes refirent surface. Elle ne put s'empêcher de lui envoyer un petit mot pour le remercier de ces instants passés ensemble et évoquer ce qu'ils avaient omis de se dire en se quittant à savoir l'espoir d'un prochain rencard.

Les heures défilaient et toujours pas de réponse à ce message. Sentiment d' inquiétude et interrogations se mêlaient dans son esprit. Pourquoi ne lui donnait il pas de réponse?

C'est finalement au bout de quatre jours qu'il finit par

répondre à un autre de ses textos lui demandant des explications sur son silence.

Lâchement, il la reconduisit avec des excuses bidon. Des problèmes familiaux l'empêchaient de poursuivre sereinement une relation amoureuse ; alors généreusement, il lui rendit sa liberté ce qu'à son grand désespoir, elle ne voulait plus!

Quel affront venait il de lui infliger !

Elle n'était pas dupe et comprit très vite qu'elle n'avait été ni plus ni moins et plus vulgairement le coup d'un soir.

L' attitude désinvolte et provocante de Camille avait été probablement et une nouvelle fois la cause de ce raté. Son côté frivole avait pris le pas sur sa facette plus romantique qu'elle dissimulait tellement bien . Alors au lieu de prendre en compte cette leçon et oublier cette pathétique aventure, elle s'obstina à vouloir comprendre le pourquoi de cet échec et essaierait coûte que coûte de faire avouer à son amant de passage, la vrai raison de sa volte face, s'il devait y en avoir une.

Soudainement, une idée farfelue et diabolique lui vint à l'esprit. Elle emprunterait le profil de son amie Coco, elle même célibataire pour l'espionner. Elle aussi s'était inscrite sur ce même site, intriguée et intéressée par l'expérience du supermarché virtuel de mâles abandonnés. Elle pourrait alors scruter son compte et tenter de saisir toutes les subtilités de ce personnage sans qu'il suspecte ses intentions. Cette histoire était celle de trop, et bien qu'éphémère réveilla son hypersensibilité et sa colère. Sa vengeance serait un plat qui se mangerait froid. Gare à toi bel amant! Tu n'en aurais pas fini avec Camille.

Alors, plusieurs fois par jour, elle regardait son profil, l'heure à laquelle il s'était connecté et enfin vérifiait s'il n'avait pas d'autres conquêtes qui apparaissaient dans une rubrique intitulée "les rivales". Elle connaissait le fonctionnement de ce site et savait très exactement quand et par qui son compte était consulté et espérait qu'il s'interroge sur cette énigmatique femme qui l'épiait sans arrêt.

Pour mettre fin à ces supposés questionnements, sous les traits de son nouvel avatar, elle prit l'initiative de rentrer dans l'action et créa son nouveau personnage! Conformément à sa nouvelle dénomination, Dancing Queen, Coco serait désormais une voyante qui aimait danser et sauverait les âmes perdues et abandonnées sur les sites de rencontre. Ces expériences passées dans ce domaine ainsi que les quelques informations sur la vie personnelle et professionnelle d'Antoine glanées lors de leur unique et intense rendez vous lui serviraient d'appât et justifieraient ses capacités médiumniques.

Dancing Queen : " Bonjour, vous devez me trouver intrusive à vous observer souvent mais rassurez vous je ne vous convoite pas! Votre photo m'interpelle fortement...je sais que vous êtes quelqu'un qui a beaucoup souffert dans sa jeunesse. Croyez moi ou pas mais j'ai des dons de médiumnité. Un message me parvient vous concernant et qu'il me faut vous dévoiler...L'amour vous attend sur ce site, vous ne devez pas le laisser s'échapper, il sera sincère et honnête. Celle qui devrait vous ouvrir son cœur est douce et généreuse, altruiste aussi et l'on me montre des mains : ses mains! C'est quelqu'un de sociable et qui a beaucoup souffert aussi Je vois que vous souffrez d'une épaule, ce qui est le signe d'une grande insécurité. Les épaules portent les joies, les responsabilités tant affectives que matérielles, alors vivez l'instant présent et faites confiance à l'avenir qui pourvoit à vos besoins et croyez en l'amour! Bonne chance à vous. »

Comme à chaque fois, et très inspirée, elle prit très à cœur son rôle et y apporta toute l'implication nécessaire. Elle devrait manœuvrer habilement pour arriver à savoir ce qu'elle représentait vraiment pour lui.

PCAB : « Je suis interpellé par votre diagnostic et ce que vous exprimez. Qu'est ce qui prédirait que je souffre d'une épaule? Bien à vous »

Dancing Queen : "Seulement le ressenti et ce que l'on me dit. Je ne peux vous donner d'autres explications".

PCAB : « Nous Connaissons nous ? »

Dancing Queen : "Non ou bien sommes nous déjà rencontrés dans une autre vie? Croyez vous aux vies antérieures? Je navigue moi aussi sur ce site pour trouver l'amour car je suis veuve, mais il est plus difficile d'être clairvoyante pour moi que pour les autres! »

PCAB : "Sûrement difficile pour vous car les flashs et ressentis doivent compliquer votre recherche. J'aimerais vous exprimer ce que je vis depuis neuf jours et c'est pourquoi je suis interpellé! »

Dancing Queen : "Dites moi!"

PCAB : "Je souffre effectivement d'une épaule depuis plus de six mois et ce, malgré la kinésithérapie. Il semblerait que ce soit ligamentaire. J'ai beaucoup souffert dans ma jeunesse à cause d'un père violent qui me battait mais le temps a fait son travail de guérison après lui avoir écrit et exprimé ma douleur. Il en reste pas moins des séquelles que je sais gérer. Le dernier point est que j'ai rencontré une femme formidable il y a de cela quelques jours et depuis nous apprenons à nous connaître et il se passe quelque chose de magique entre nous. J'ai l'impression d'avoir rajeuni de vingt ans"

Le cœur de Camille s'arrêta de battre alors qu' elle lisait attentivement ce dernier passage. De quelle femme parlait il? La pensée fugace que cette femme puisse être elle lui effleura l'esprit car la date correspondait à leur première entrevue, ou bien alors s' agissait il d'une autre femme?

Dancing Queen : "Je ressens votre souffrance, elle ne m'est pas étrangère mais seul l'amour peut guérir les profonds traumatismes. Cette femme a été mise sur votre chemin pour vous aider et vous "épauler" ; l'insécurité affective est palpable chez vous mais il ne faut pas en avoir peur. Pourtant je ressens aussi des barrières mais je ne vois pas lesquelles... »

PCAB : "Je suis davantage rassurant auprès des personnes qui m'entourent. Je n'ai pas peur au contraire, je suis combatif pour éviter que cela ne se reproduise autour de moi. Je n'ai pas répliqué le même schéma que mon père et j'en suis fier. Son grand âge me fait lui pardonner et je me suis détaché de ses vices et de son comportement à mon égard. Je pense même qu'il me craint aujourd'hui."

L'orientation de la discussion était en train de dévier sur ses blessures d'enfance et l'éloignait de son objectif premier, à savoir connaître son présent amoureux. Bien que n'éprouvant aucune empathie envers lui après son comportement indélicat vis à vis d'elle, ces révélations ne la laissèrent tout de même pas indifférente et contre toute attente finirent par la toucher. IL fallait néanmoins qu'elle maintienne le cap vers la vengeance promise et enfin percer le mystère ou le fin mot de cette mauvaise blague. Elle poursuivit donc son interprétation de la voyante compatissante et psychologue.

Dancing Queen : "Bravo, pardonner permet d'aller mieux et il faut aussi que vous vous pardonniez à vous même car lorsque l'on est victime, on croit souvent que l'on est responsable de ce qu'il nous arrive. Il me semble que vous avez bien avancé dans votre thérapie et c'est très courageux. Vous êtes une belle personne qui commence un renouveau depuis quelques années."

PCAB : " J'ai longtemps cru que j'étais un cancre, un mauvais garçon. Depuis plus de douze ans, j'ai appris à m'aimer et c'est bien cela qui m'a fait avancer. J'aime me faire plaisir et surtout depuis que j'ai eu un pépin de santé en 2009."

Dancing Queen : " Vous devez aussi vous décharger sur d'autres personnes qui croient en vous et vous laissez aller au bonheur lorsqu'il se présente, vous le méritez plus que quiconque sur cette terre. Je ressens que vous êtes très habile de vos mains!"

PCAB: " J'ai le sens des responsabilités que j'aime partager avec mon entourage qu'il soit d'ordre professionnel ou privé. Mes mains sont effectivement précieuses et je les ai utilisées pour bien des choses… »

La résolution de son énigme n'avançait que trop lentement et comme à son habitude, impatiente, elle finit cette conversation en le guidant vers la réponse qu'elle attendait.

Dancing Queen : " Je vais devoir vous laisser mais tenez moi au courant de votre petit cœur car c'est bien cela le but de votre inscription sur ce site! cela m'aide aussi à avancer. Je ne consulte pas d'habitude, je fais la transmission quand on me le demande et c'est tombé sur vous! autre flash! celle qui vous est destinée, est marquée par le milieu médical! voilà fin de mes prédictions! A bientôt et bien à vous. »

La réponse ne fut pas celle qu'elle attendait. Une partie d'elle même espérait qu'elle fut la fille pour laquelle il avait eu le coup de cœur et que les raisons qu'il avait invoquées quant à sa fuite soient vraies mais ses pensées s'égaraient une nouvelle fois.

PCAB : "Merci à vous, c'est gentil d'avouer consacrer un peu de temps aux autres. La personne que j'ai rencontrée et qui me séduit n'est pas du milieu médical et n'a aucun lien avec. Bien à vous."

Son subterfuge avait plutôt bien fonctionné dans la mesure où elle réalisait que pendant qu'il lui faisait la cour et la faisait justement courir, cet homme chassait parallèlement sur d'autres terres…Ce site était le parfait terrain de prédilection du consommateur type d'âmes sensibles en détresse pour qui le sexe dit « faible » est une femme objet que l'on met dans son caddie et que l'on jette après utilisation.
Cette nouvelle humiliation affective devait terriblement la contrarier et lui faire réaliser sa naïveté déconcertante. Cette histoire, plus qu'aucune autre, suscita chez la désespérée fleur

bleue Camille, une ferme envie de vengeance qui allait vite devenir obsessionnelle. Elle restait frustrée par son dernier rôle qui ne lui avait tout simplement pas délivré et confirmé l'information qu'elle redoutait et n'avait assurément pas assouvi son désir de représailles. Bafouée par cet homme qu'elle ne connaissait cependant que très peu, il paierait pour tous les autres. L'été lui donnait une énergie inépuisable et bien qu'un peu désenchantée de cette dernière épopée, son imagination redoubla de performance. Comme par miracle, un nouveau rôle et scénario allait s'inscrire à son palmarès.

Chapitre III

La vengeance de Sirène

En fine psychologue, Camille avait très bien perçu le type d'homme qu'incarnait Antoine. Comme la plupart des beaux séducteurs, il était aisé de conclure à son attirance pour de longilignes et belles jeunes femmes. Partant de ce postulat, elle décida alors de se transformer en une vraie petite bombe et ainsi donna naissance à une nouvelle héroïne par l'intermédiaire de laquelle elle tirerait les ficelles et manipulerait sa proie. Elle deviendrait donc SIRENE , une parfaite poupée Barbie, jolie blonde à la taille mannequin et mensurations de rêve et de cette manière répondrait au fantasme des derniers hommes dont elle avait croisé le chemin. De longs cheveux blonds et de magnifiques yeux bleus finiraient le portrait de cette créature subliminale. Le but étant de parfaitement ressembler à Sarah Jessica Parker, l'actrice de la série américaine dont elle était une fan invétérée et dont elle avait précédemment emprunté le prénom de Carrie, son personnage de fiction . Pour être plus crédible et susciter sa curiosité, elle trouva une photo de l'actrice en robe de danseuse rose dans une position recroquevillée, qui subtilement laissait apparaître la beauté naturelle de son visage sans toutefois être trop reconnaissable. En effet, il fallait espérer qu'Antoine ne connaisse pas cette artiste pour ne pas mettre à mal son imposture. Le temps lui était compté aussi car le compte administrateur du site de rencontre pouvait à tout moment débusquer la supercherie et bloquer sa photo. Il faudrait qu'elle agisse vite et habilement, c'est à dire en étant , ni tout à fait elle même ni tout à fait une autre.

Son profil était en ligne depuis quelques heures quand elle fut assaillie par de nombreuses sollicitations et demandes de mâles assoiffés. Elle en était maintenant sûre, son profil et plus encore son portrait plaisait! Alors, à l'évidence sa proie tomberait aussi dans son piège machiavélique.

Cela faisait environ un mois qu' Antoine et Camille s'étaient rencontrés, quand elle reprit sa plume virtuelle pour le contacter, une fois de plus la première.

Sirène : "Installée depuis peu dans la région Toulousaine, je cherche un homme pour me faire découvrir la région et comme l'on a coutume de le dire : et plus si affinités! Votre profil m'a plu ainsi que votre photo que vous précisez être actuelle! Je suis attirée par les hommes matures qui savent entreprendre et sont riches d'expériences. Je serai ravie de vous connaître un peu mieux si vous même le souhaitez et si par hasard mon profil attise votre curiosité. A bientôt peut être. Signé Inès."

Ce fût l'occasion pour elle d'emprunter Inès, son deuxième vrai prénom et donner vie à son nouveau personnage fantastique qu'elle incarnerait derrière l'écran de son ordinateur et pour également créer une adresse mail complètement différente de celle de Camille qu'il connaissait déjà.

Antoine : " Bonjour, je serai ravi de faire plus ample connaissance avec vous. Auriez vous d'autres photos à me faire parvenir? Signé Antoine. »

Inès: "Merci Antoine d'accepter de me connaître. Je suis célibataire et sans enfant, à mon grand regret, ma vie professionnelle ayant beaucoup pris le pas sur ma vie privée. J'ai travaillé dans de grandes maisons de haute couture à Paris, un milieu où j'ai côtoyé du beau monde mais aussi la superficialité...Aujourd'hui je suis à la recherche de plus d'authenticité, plus de beauté dans des choses et personnes simples et de qualité. J'espère que vous en faites partie! Je continue essentiellement à créer sur commande des robes de mariée...ce qui est paradoxal pour une fille qui n'a jamais convolé! et d'autres vêtements si l'on me le demande...voilà je vous en ai déjà beaucoup dit sur moi et vous, que voulez vous me dire de vous? A quelle adresse en dehors de ce site, puis je vous envoyer d'autres photos de moi. Bonne soirée. »

Antoine : "Bonsoir, message bien reçu et j'ai lu avec intérêt vos souhaits. Peut être à présent pouvez vous vous dévoiler un peu plus ? Aussi, si vous le souhaitez j'attends avec impatience vos photos. Bonne soirée. Antoine »

Elle rechercha quelques nouvelles photos de son actrice préférée qui ne pourraient pas le laisser indifférent si toutefois et avec un peu de chance, il ne découvrait pas la supercherie avant. Elle lui offrit de vrais photos de mannequin avec en prime un portrait de la belle Carrie, héroïne du film, en robe de mariée d'un grand créateur! rien que cela!! C'était quitte ou double.

Inès : "Et moi qui croyais que vous étiez une exception! il semblerait que l'apparence physique compte beaucoup chez vous aussi. Je ne peux pas dire le contraire, chez moi également bien que je m'attache aussi à ce que dégage la personne. Une personne aux traits atypiques peut aussi me plaire, qui plus est si elle a du charme, de l'humour et se montre attentionnée! Alors, pour combler votre curiosité, voici quelques photos de moi prises par de nombreux photographes professionnels que j'ai côtoyé sur Paris. Je crois qu'elles me représentent assez bien : pour la dernière, n'y voyez aucune allusion particulière. Je n'envisage pas que l'on me mette la bague au doigt (je ne rêve plus au prince charmant), c'est juste l'une de mes créations que j'ai eu le bonheur de porter la première. La balle est dans votre camp, et vous qu'avez vous de plus à me confier, bien que votre profil soit déjà bien étoffé par vos photos dont l'une a attiré plus particulièrement mon attention: celle avec la voiture de course!!A bientôt. Bises »

Antoine : " Belle présentation. Jolis traits féminins qui vous mettent en valeur. Vous êtes une femme riche en finesse dans ce que vous entreprenez, cela se ressent. Je cherche à quelle femme vous ressemblez, connue du public! Vous dites aimer la photo sur laquelle il y a ma voiture de course! qu'est ce qui vous séduit, qu'est ce qui vous interpelle le plus?
A bientôt de vous lire depuis l'Andalousie d'où je vous écris et pour 15 jours de vacances avec ma sœur. Bises »

A la lecture de ce message, elle crut un instant que cette comédie virtuelle s'arrêterait trop vite mais c'était sans compter son imagination romanesque, sa vivacité d'esprit et sa capacité à retourner la situation.

Inès : Merci pour la présentation et quant à ma ressemblance avec un personnage connu, je ne vois pas, on me dit plutôt unique en mon genre!!

J'aime les vieilles voitures et l'automobile en général. La vitesse me grise et j'avoue avoir un petit fantasme pour les uniformes de pilotes! car comme les écossais, on ne sait jamais ce qu'ils portent dessous! Bonnes vacances à vous. Moi c'est du côté de Royan que je pars demain retrouver ma famille. Bises »

Antoine : " Quand rentrez vous? Passez de bonnes vacances. A proximité il y a la Tremblade, joli secteur. Quant à moi je vais visiter le sud espagnol. Le côté plastique, c'est vrai est important car moi même je veille à ma personne. J'aime plaire..Bise. »

Inès : Je rentre fin août, début septembre, je dois passer à Paris voir des amis avant de redescendre. Magnifique Andalousie, Cordoue, l'Alhambra de Granada, attention hombre, du sang chaud va couler dans vos veines! tenez vous donc au frais!
Moi je me ferai caresser par la vivifiante brise de l'Atlantique.
Cet homme qui aime plaire est un séducteur, alors souvent libre comme un électron et inaccessible, et surtout qui aime se partager, est ce bien cela Antoine?
A bientôt"

Antoine : "Séducteur uniquement pour celle que je choisi. Pas dispersé mais sélectionneur. Difficile dans mes choix et le physique est important et je l'assume. Je vous trouve sincèrement belle et équilibrée, attirante. Peut être nous rencontrerons nous? Se faire caresser par la brise, il n'y a pas mieux! Enfin Antoine, que dis tu, elle est si belle...j'aimerai être le vent! en ces circonstances. Bon, j'arrête pour vous embrasser. Demain sera peut être "tu". Bises »

Ces échanges l'enthousiasmaient et telle une actrice, lui donnaient l'occasion d'interpréter un nouveau rôle de composition, sans pour cela oublier sa rancœur envers cet homme qui n'avait pas eu le courage de lui dire qu'elle n'était pas assez bien pour lui. Au contraire, son double virtuel commençait à transporter le beau séducteur vers des émotions qui iraient crescendo. Cette distance entre eux et ces quinze jours sans possibilité de se rencontrer, permettraient de faire monter le désir aussi haut qu'en serait la chute et la découverte de la vérité. Elle se délectait de joie, de fierté et savourait le plat de sa vengeance. Comme un pêcheur jubilant d'avoir ferré un beau poisson, celui de Camille, pris à son hameçon, continuerait longtemps à frétiller!

Inès : "Aujourd'hui est tu! Antoine, à ses heures, est un étonnant poète! merci pour ces beaux écrits, mais suffiront ils à me séduire? Bien que plus jeune que toi, j'ai un peu d'expériences en matière de beaux parleurs, et effectivement ne caresse pas qui veut la belle plante! Bisous »

Antoine : « A défaut de beau parleur, ce que je déteste le plus au monde, je tente de m'exprimer du mieux possible. Trop de gens ne savent pas ou plus s'exprimer. J'aime écrire dans notre superbe langue. Quant à la belle plante, elle est belle à contempler voire plus si infinité. Je pars déjeuner ma belle. Bon appétit. Bises »

Inès : « Plus si Infinité ou affinités? car pour moi la signification n'est pas la même. Infinité porte la dimension d'éternité, tandis que les affinités peuvent être temporelles.. Buen provecho senior

Antoine. Moi je vais profiter de la piscine d'une amie avant de partir demain à l'ouest où il y aura du nouveau j'espère...bises »

Antoine : "Affinités effectivement avant infinité! lol...Muchas gracias Señorita Inès! Qu'attends tu comme nouvelles? »

Inès : " C'était juste une référence au livre d'Erich Maria Remarque « A l'ouest rien de nouveau » et c'était pour dire que j'aime bien les nouvelles et nouveautés, surtout lorsqu'elles sont bonnes, et pour dire qu'un petit clin d'œil de l'Andalou me fera plaisir de temps en temps, manière de tisser les liens comme la trame d'un tissu. Au fait, je ne suis pas depuis longtemps sur ce site et j'avoue que je suis un peu déçue, beaucoup de jeunes gens, trop jeunes pour moi, tu es un des rares produits du catalogue qui ait un bon rapport qualité prix!! lol. Et toi as tu déjà fait de bonnes affaires ou pas? »

Antoine : " J'aime aussi la nouveauté et j'aime aussi te lire, c'est plaisant...la fleur du soleil levant car elle est toujours orientée vers l'est"

Elle ne comprenait qu'à moitié ses phrases et envolées lyriques mais son implication à vouloir la séduire grâce à sa plume, la divertissait outrageusement .

Antoine : "De bonnes affaires, non, des femmes intéressées mais tromperie sur la marchandise, alors je veille au grain!"

Avait elle été l'une de celle qu'il décrivait? Ne l'avait il pas simplement considéré comme une marchandise dont il n'avait pas été satisfait? Vexée mais déterminée à rendre la pareille, elle était certaine que cette fois ci; il ne serait pas mécontent du colis, et de la surprise qui l'attendrait en la voyant de nouveau mais le serait il suffisamment pour ébranler sa confiance en lui?

Antoine: " Le produit que je représente est d'excellente qualité, son prix sera le tien, autant dire que ton marché est facile! n'est ce pas ? Rapport qualité prix, le juste mot qui convient à celle qui décidera de le découvrir… »

Inès : " Tu veux dire que c'est moi qui fixe le prix? Tu as une énorme confiance en toi ! Par quoi pouvaient être intéressées ces femmes, par ta situation?, que je ne connais pas d'ailleurs, et bien, ne me dis rien, cela m'est égal, je veux connaître l'Homme sorti de son contexte professionnel. Pour moi peu importe que tu sois dirigeant d'entreprise du moment que tu me corresponds et attends les mêmes choses que moi pour la construction d'un couple…c'est cela qui m'intéresse, le vrai et profond Antoine, non pas celui qui portera le costard cravate ou l'uniforme de pilote.. Et bien, rassures toi, je ne suis intéressée que par le bien être que peut m'apporter un homme, et le partage des choses essentielles à notre épanouissement commun…Est ce que je peux renvoyer le produit s'il ne me convient pas?
Bisous de fin d'après midi!"

La journée s'écoulait doucement alors que sa boite mails se remplissaient à vive allure . Elle avait réussi à le captiver et le rendre accro à leurs conversations tout en attisant sa curiosité vis à vis de celle qu'il imaginait derrière son petit écran d'Iphone.

Antoine :" cool tes commentaires, le produit est refusable mais pas échangeable, puisse être moi-même, tu auras l'authenticité,

celui sans costard! j'ai confiance en moi car j'ai fait un travail sur moi même. Cela permet de se situer et se rassurer, ce qui n'est pas forcement commun de nos jours. Se connaître c'est si bon!
Et toi comment te situes-tu dans notre société actuelle?
Bisous ensoleillés. »

Inès : " C'est difficile d'être une femme aujourd'hui, mère que je n'ai pas été, épouse non plus, femme séductrice que je suis mais qui navigue dans le paradoxe de vouloir rester libre tout en voulant l'engagement de l'amour. Je veux aimer, être aimée mais pas être prisonnière d'un attachement affectif trop grand qui peut faire du mal. La légèreté est souvent agréable mais déstabilisante car instable. Je voudrais une maison avec des fondations solides mais pas de prison. Je crois que pour vous les hommes, il est également difficile de nous comprendre, nous les femmes d'une nouvelle ère! Rencontrer de nouvelles personnes permet de mieux se connaître soi même , d'analyser son fonctionnement, ses peurs parfois et nous aider à avancer vers plus de plénitude! Fin d'après midi très philosophique, dis moi! Hasta la vista!"

Antoine : "Tu accompagnes ma journée et j'apprécie te lire. Le rythme dans lequel nous vivons est effréné et ne rassure pas car tout change en un tour de main. Cependant se connaître apporte un bien être à l'autre car il en ressort une certaine stabilité. Vouloir être marié(e), pourquoi de nos jours? Cela représente un symbole que la société ne respecte pas davantage. Une solide fondation, oui et c'est surtout la confiance qui pèse dans l'escarcelle. Croire en ce qui nous est raconté chaque jour n'est que foutaise. Croire en ce que l'on fait, voilà ce qui nous porte et nous pousse à évoluer mais il faut avant tout s'aimer soi-même! Par expérience de vie, vu mon âge et c'est désolant d'avoir cinquante deux ans aujourd'hui mais trente huit dans ma tête, j'ai compris beaucoup de chose et j'ai une force en moi depuis.Que de discussions, mais je trouve qu'elles sont objectives et constructives.

Bises depuis la piscine. Tendres pensées, c'est agréable.."

Inès : "Oui, il est rare de rencontrer des personnes virtuellement parlant aussi profondes. J'aime aussi te lire et cela me rend toute guillerette. Merci pour cela cher Antoine. Après, je ne trouve pas que ce soit désolant d'avoir l'âge de ses veines mais l'esprit de ses vingt ans!, c'est signe de dynamisme et j'aime cela autant que la confiance et force rassurante d'un homme qui pourra m'épauler. S'aimer soi même permet effectivement de se défaire d'une dépendance destructrice à l'autre et cela permet probablement de mieux aimer les autres. Bonne soirée et merci encore pour ces délicieuses conversations! puis je me permettre de demander du rab! »

Antoine, : « Oh oui belle princesse Inès, nos échanges virtuels sont de qualité ce qui manque aujourd'hui quand on regarde certains profils. Je m'efforce d'écrire comme je l'ai appris respectueusement de mes parents. J'aime aussi te lire et tu occupes un peu ma journée avec envie et joie. La vie est ainsi faite et je laisse faire le destin. Gros bisous et bonne soirée. »

La journée arrivait à son terme et Camille devait retrouver son tablier d'hôtesse pour accueillir ses clients et reprendre le cours normal d'une soirée en maison d'hôtes. Mettre un peu de distance dans l'échange assidu de mails permettrait d'exciter un peu plus le héros de son roman épistolaire. Elle voulait le faire fondre littéralement pour cette fille parfaite que le destin lui apportait sur un plateau et elle atteindrait son but lentement mais sûrement. Un peu plus tard dans la soirée et alors qu'elle consultait sa messagerie une dernière fois avant de regagner sa chambre, Antoine lui écrivit avec cette fois, sa plume enflammée!

Antoine : " Il fait super bon ce soir, une petite brise caresse mon corps, je suis seul et nu sur la terrasse...trop bon mais seul....Bisous »

Inès : "Est ce une invitation à un bain de minuit? à venir te souffler ma brise sur ton corps dénudé? dommage, trop de kilomètres nous séparent,et n'y a t-il que les kilomètres? Bisous »

Le lendemain, était prévu son départ imaginaire vers une destination de vacances tout droit sortie de son esprit délirant : Elle rejoindrait les siens dans une maison de famille proche de Royan. Afin d'être la plus crédible possible, elle décida de ne lui écrire que plus tard dans la journée alors que de son côté il manifestait son enthousiasme avec insistance.

Antoine : "Bonjour ma belle, j'ai vu ta photo où tu es en maillot de bain. Il t'aurait probablement gêné hier soir lol..quoique plaisant de le retirer du bout des lèvres avec sensualité, les moments sont plus intenses! Fais une bonne route et j'espère te lire bientôt !
Fais attention à toi, Bisous »

Quelques heures plus tard et sans qu'il n'ait encore des nouvelles d'Inès...

Antoine : " Après avoir déjeuné avec de bons légumes frais, je m'installe confortablement sur une banquette pour me ressourcer (en fait pour faire une sieste). Piscine vers 17h, je pense que c'est raisonnable à moins qu'une pensée éveille mes sens au point d'aller me refroidir un peu…j'avais les yeux fermés jusqu'au moment où j' aperçu un regard profond animé d'yeux magnifiques. Cela ne devait pas tarder à me perturber car je les sentais attirés et attirants. Ils correspondaient à cette photo visitée la veille sur le net à l'issue de la lecture d'un mail! Oui il s'agissait bien des tiens,longs, effilés, d'une beauté remarquable. A présent je n'ai plus envie de dormir, réveillé par ce cœur qui bat un peu plus fort que d'habitude. Le virtuel a cela de bon qu'il nous transporte dans l'imaginaire. De plus je te vois assez grande, élancée et te penchant sur moi. Ton regard me parle et tes lèvres harmonisant une bouche sensuelle m'invitent.Hum,dirais je en posant mes lèvres sur les tiennes. La suite je ne la connais pas encore!

J'espère que tu as fait une bonne route sans être trop perturbée.

Des bisous, des bisous, et des bisous. »

Pauvre Antoine, il fallait abreuver sa soif et après avoir attendu encore quelques heures pour bien le faire mariner, elle remit en route ses neurones!

Inès : "Coucou, voilà je suis enfin arrivée pour déjeuner en famille. Je viens juste de récupérer ma chambre de jeune fille et me suis précipitée sur mon ordinateur pour voir si tu m'avais écrit ; avant de profiter d'une petite sieste dont je suis une fervente adepte! Mais va t-elle être réparatrice? des pensées obsédantes m'envahissent l'esprit quand je pense à toi que je ne connais pas mais que j'imagine doux et attentionné, peut être avec de belles et grandes mains. Mes yeux sont comme la mer d'Espagne et mes cheveux comme le sable de l'atlantique...Je ne suis pas vraiment grande mais je triche avec de hauts talons qui me font des jambes fines et galbées..

De loin, je ressens la douceur de tes lèvres chaudes sur les miennes et cela me remplit de frissons. C'est vrai que le virtuel exacerbe nos pensées, mais c'est tellement bon! Moi aussi je n'ai plus trop envie de dormir, je vais donc aller me promener sur la plage et trouver un bel endroit pour me poser, méditer et me recentrer sur moi, en attendant, qui sait de me consacrer à toi!

A très vite, tendre et sensuel Antoine."

Antoine " Deux heures durant à ne penser qu'à toi, c'est un peu fou! Pour aimer, il faut être fou car l'amour rend fou. Peut on parler d'amour à ce stade, oui je le pense car l'amour existe sous toutes les formes. Je t'imagine, cheveux au vent, te promenant sur le trottoir d'en face, nos regards se croisent et nous courrons l'un vers l'autre comme des aimants attirés l'un par l'autre...les émotions nous envahissent. Le virtuel devient réalité, que c'est bon!.

A toi de me conter la suite BB!Hum toi!!! »

Inès : "Nous nous enlaçons fougueusement et tu me fais virevolter, tu me poses à terre et me serres très fort contre toi, tu plonges alors ton regard profond dans le mien si bien que j'en tressaille d'émotion, je suis presque au bord de l'évanouissement, tu me soutiens et doucement poses tes lèvres sur les miennes et m'embrasses avec gourmandise et générosité, baiser qui nous transporte dans une autre dimension. Le temps s'arrête, nous sommes seuls au monde, et rien ne peut nous atteindre. Sensation de déjà vu, de ressenti, de visages connus, d'âme sœur...et si nous nous étions déjà croisés dans une autre vie. Tu me prends la main pour me conduire face à la mer où nous assistons, émus, au coucher du soleil sur l'horizon scintillant, nous sommes seuls sur la plage …

A toi de prendre le relais, chéri »

Antoine:" Nos regards ne cessent de faire briller l'iris de nos jolis yeux. un petit clin d'œil me fait réagir et te serrer contre moi, est ce un nouveau rapprochement?, l'envie de sentir l'autre contre soi, oh oui certainement car je suis atteint par la foudre du désir et de baisers à échanger. S'embrasser c'est si bon et puis cette mélodie qui nous presse de plus en plus fort. Dans cette douceur qui nous lie, je t'allonge sur le sable encore chaud tout en t'embrassant, c'est voluptueux et riche d'émotions. Je sens tes petits bras tremblants qui me serrent de plus en plus. Mes mains parcourent ton corps et suivent l'ondulation de tes seins. Je m'arrête un instant pour les presser joyeusement avec la douceur que je maîtrise. J'entends tes petits soupirs, tu es belle et heureuse...ta bouche m'appelle et nous nous embrassons encore plus fortement. Je sens tes mains glisser sur mon dos et tu tentes de retirer mon polo.

A toi BB, j'aime te lire. »

Inès : "Tu aurais pu mettre une chemise, je l'aurai déchirer, LOL! qu'importe tu es torse nu maintenant, je caresse du bout des doigts ta peau douce en remontant de la naissance de tes fesses vers ton cou. Je sens alors ton corps frissonner sous mes doigts, tu te cambres et te durcis, ton ventre dur frotte le mien, mes jambes se relèvent et t'enveloppent, c'est une invitation à pénétrer mon humble demeure. j'agrippe tes fesses que je malaxe doucement pendant que tu remontes ta main entre mes jambes et doucement tu commences à caresser mon bouton de porte, ma sonnette de plaisir...je soupire, j'agrippe ton visage que j'approche du mien pour l'embrasser avec ardeur...tous mes sens sont en éveil et mon corps s'emballe, le désir de ne faire qu'un m'envahit, je passe mes mains dans tes cheveux et plonge mon regard profond dans le tien où je vois le désir et l'envie de l'amour...je suis heureuse!

A toi chéri

PS : je ne répondrai que tard dans la soirée, repas familial oblige et j'ai laissé mon téléphone chez moi pour mieux déconnecter, je n'ai que mon ordinateur..

J'ai hâte de te retrouver sur cette plage... »

Antoine : " Mes yeux à demi fermés observent ce regard rempli de désir intense. je dégrafe ta robe boutonnée de bas en haut et découvre que tu ne portes aucun dessous. Cela m'excite encore plus et me donne envie de te lécher depuis tes seins jusqu'à la porte de ton paradis et ton bouton de rose. J'adore le lécher, le rouler entre mes lèvres. Tu te débats amoureusement, tu aimes et tu me le dis, nous sommes en symbiose totale. Alors que je te mange à pleine bouche, tu trémousses et m'excites sans retenue...je te mange de plus en plus quand…

A toi BB »

Quelques heure plus tard et de plus en plus excité et insistant.

Antoine : " Bon appétit BB, à bientôt sur la playa, rien que nous deux. Je crois que nous n'aurons pas le temps de nous ennuyer! Que du bonheur avec la douceur en prime car j'aime et la sensualité c'est the must!

Hum toi, petite chatte câline »

Antoine : " 23h00 a sonné et je suis sur la plage de Royan côté sud à errer tout en cherchan un coin tranquille pour me poser. Mon corps est chaud de ma journée passée auprès de toi, amplifié par nos envies respectives. Je place mon drap de bain assez grand pour nous deux. Tel un vagabond à l'exception de mon âme qui est aux mains de celle que j'attends. Viendra t-elle? je n'ai pas d'heure pour elle, je l'attendrai toute la nuit..

Je sais qu'elle dînait en famille ce soir et dans ces moments là, il est difficile de s'échapper même si durant toute la soirée ses pensées étaient en partie tournées vers moi. Merci. J'ai tellement chaud que je me retrouve en un instant en boxer de bain. Que c'est long d'attendre quand on sent son corps vibrer? Je ne la connais pas, j'ai vu deux ou trois photos. Elle est séduisante mais est ce bien elle, celle des photos qui va me rejoindre? Laissons place à l'imagination et avec un peu de chance, la beauté finira par arriver.

Mon corps quasi nu est en attente de pouvoir se frotter à cette désirée. Il est minuit et à présent rien ne se passe comme je pouvais l'imaginer. Elle n'est pas au rendez vous et j'espère qu'il ne lui est rien arrivé. Je suis inquiet car je suis tellement pris par sa douceur et son enthousiasme, il ne faudrait pas que je manque de la protéger. J'attends encore un peu, mais je n'ai aucun moyen pour la contacter. Je ne puis rester sans rien faire, mais où habite t-elle? je n'en sais rien. Joli cœur fais-moi signe!! »

Quelle jouissance de le laisser poursuivre ce monologue, s'extasiait Camille. Elle observait minutieusement sa diligence à cette séduction virtuelle et saisissait ses moindres doutes et interrogations. Le cœur du bellâtre s'enflammait pour une photo illusoire et des lettres qui devenaient de plus en plus érotico -sensuelles. Elle expérimentait une nouvelle fois l'amour par écran interposé, ce qui assurément la troublait et alimentait son inspiration sans borne. Il fallait qu'elle continue à le faire patienter encore un peu de temps avec ce même registre…

Inès : " Il est 2h30 du matin à Royan, je n'arrive pas à dormir, les pensées se bousculent dans ma tête. Je ne cesse de penser à toi quelque part dans cette Espagne profonde, chaude et festive, tellement loin mais à la fois si près par tes rêves de moi.
Cette femme dont tu as vu quelques photos peut être imaginaire pour toi, fantasmatique, mais à travers ces mots et son écran, elle est bien vivante, dans l'attente d'un amour magique, hors du commun et d'un capitaine qui la protégera des tempêtes et lui fera oublier toutes les anciennes, cette femme qui est libre et à conquérir encore. Cet homme dont elle a vu la photo, est ce bien celui qu'elle attend? encore un peu de patience et le dénouement arrivera! et à cet instant tu la reconnaîtras car ce sera celle qui t'aura donné tes premiers émois virtuels, alors tu ne pourras l'oublier et t'en détacher.
Il fait plus frais à Royan mais mon esprit et mon corps sont en ébullition pour toi que je découvre à peine et qui me donne le vertige…
Je caresse alors ton corps nu de mes bienveillantes pensées et me serre tout contre lui...Ne cherches pas à me joindre, tel un ange, je serai là quand tu auras besoin de moi…"

Ils étaient à leur quatrième jour d'échanges virtuels et son plan continuait à fonctionner à merveille.

Antoine : "Bonjour petit ange. Cette nuit j'aurais pu me connecter tellement ma nuit a été perturbée. Je n'avais cesse de penser à toi, laissant courir mon imagination. Tu m'as déchiré cette chemise que je portais près du corps et j'ai senti tes mains sur moi me caresser avec passion et dévouement. J'ai tellement bu tes écrits que je ressentais ton corps sur le mien et tout particulièrement les bouts fermes de tes seins me chatouiller. Je me suis tourné puis retourné à plusieurs reprises ne perdant aucune sensations de bien être. Plus loin et plus fort encore quant j'ai senti ta bouche qui après m'avoir langoureusement embrassé, s'est dirigée vers mon intimité profonde jusqu'à l'envelopper généreusement. Si douce et engageante, je te laissais me manger avec gourmandise et que du bonheur pour moi. Tes lèvres étaient si douces et fines que je les sentais tout le long avec diverses pressions. Cette folle envie et ce rythme avec contrôle, m'emportaient vers une autre dimension. Plus qu'un ange, une véritable fée qui apportait et communiquait des émotions fortes et indélébiles. Durant cet ébat amoureux, tu te tournais afin que je puisse à mon tour te rendre heureuse en te léchant généreusement puis excitant ton petit bouton de rose. A pleine bouche, oui car j'aimais te sentir ainsi et faisais monter la pression de nos corps désireux de faire l'amour.Tu frétillais, tu te tortillais et je ne laissais rien au hasard car je veux te rendre heureuse. Ton excitation était intense, tes petits cris en faisait acte et tu t'offrais de plus en plus à moi.

Que va t-il se passer à présent?

J'ai très envie de toi et pourtant nous sommes dans le virtuel. Toutefois je laisse place à mon imagination et à ta photo pour ne pas me tromper quant au corps que j'ai dégusté cette nuit. Tu es douce et tu débordes d'énergie. J'imagine bien tes cheveux caressant mon corps et c'est géant de ressentir cela car cela suffit pour le mettre en forme. J'ai tellement envie de toi!! envie de sentir ton corps vibrer d'intensité. Je veux que nos yeux échangent cet puissance qui naît entre nous. Je pense faire l'amour avec une déesse dévouée par la passion de connaître de

98

nouvelles sensations fortes avec un corps dont elle connaît toutes ses capacités. Voilà tout ce que je ressens à travers tes écrits. C'est si bon que l'on souhaiterait pouvoir échanger rapidement mais il y a les distances et le temps des vacances. Qu'est ce qui a fait que tu te sois mise sur mon chemin? Pourquoi moi? Est ce une vie antérieure que nous n'avions pas concrétisée? Je n'en sais rien mais je suis bien réveillé pour toi ce matin. Ceci dit, ce n'est que du virtuel et si c'était une nouvelle forme d'aimer mais de ne jamais pouvoir se rencontrer!

Sommes-nous dans un rêve, un conte ou une autre dimension? Je suis pourtant bien là à t'écrire, toi que je ne connais pas, styliste, vue en photo et qui me bouleverse. C'est bien la première fois que je suis pris par une telle émotion et c'est bon, même très bon. Hé oh! petite fée, fais moi un signe! je scrute le ciel étoilée et ne pourrais tu pas le téléporter? je suis dans les montagnes Andalouses parmi les oliviers.

A bientôt de te lire, tu me fais de l'effet et j'en mouille mon BB.

Ton amant virtuel, Antoine"

Son bel andalou rendait Camille belle et bien vivante et heureuse. Quel bonheur de percevoir au travers de ses écrits son engouement à cette relation irréelle et le voir naviguer entre scepticisme et espoir d'une merveilleuse et romanesque histoire d'amour? Elle ressentait fortement son envie à se raccrocher à cet idéal féminin tout en maîtrisant son affection naissante vers cette fée imaginaire. Comme lui, son esprit libertin bouillonnait d'inspiration et profitait pleinement de ces délectables instants de légèreté. Néanmoins, il lui arriva quelques fois de rougir derrière son écran mais aussi de se laisser attendrir et d'oublier un bref instant que cet homme l'avait jetée comme une malpropre. Et le jeu continua le lendemain avec son poète andalou…

Antoine ; "Comme j'aime te lire, tu me séduis à la folie. Ce matin seul et nu sur mon lit à contempler les étoiles, voici ce que je pouvais aussi imaginer, tant notre histoire est poétique.

Avant que tu ne t'en ailles,
Pâle étoile du matin,
Mille cailles
Chantent, chantent dans le thym
tourne vers le poète,
Dont les yeux sont pleins d'amour;
L'alouette
Monte au ciel avec le jour
Tourne ton regard que noie
L'aurore dans son azur,
Quelle joie
Parmi les champs de blé mûrs!
Puis fait luire ma pensée
Là-bas, bien loin, oh, bien loin!
La rosée
Gaîment brille sur le foin
Dans le doux rêve où s'agite
Ma mie endormie encore..
Vite, vite
Car voici le soleil d'or.

Et les conversations reprirent de plus belle…

Antoine : " Inès , je souhaite te connaître, si tu veux bien m'expliquer d'où tu viens, où es tu née? quels ont été tes débuts professionnels? Es tu née à Royan? Tu vois, je suis curieux de te découvrir depuis ta naissance, je te raconterai d'où je viens car je ne suis pas Toulousain. Je rentre à la fin du mois d'août. Je ne pense qu'à toi et j'ai bien peur que mon forfait téléphonique ne soit interrompu avec anticipation bien qu'avoir fait le nécessaire auprès de mon opérateur ce matin. La connexion depuis l'Andalousie est surfacturée et je dépasse le forfait existant. La 3G passe très mal et donc le temps passé à la recherche du réseau. Nous verrons bien mais espère de tout cœur rester en contact avec toi. Je t'embrasse tendrement en posant mes lèvres sur les tiennes. J'aimerai tant te serrer contre moi. Un peu de patience mais cela fait long à attendre.

Oh! Toi joli cœur tendre d'émotions. C'est sans objection mais avec obligation que je partagerai cette récréation. Kiss Max"

Inès : "Je voudrais d'abord te remercier chaleureusement pour ton si beau poème posté précédemment, et répondre à tes interrogations qui démontre l'intérêt que tu me portes.

Je suis originaire de Toulouse, née de parents qui ont quitté l'Algérie au moment de l'indépendance (où plus communément appelés, des pieds noirs). J'ai donc baigné dans cette culture orientale très attachée aux valeurs familiales et l'entraide aussi et héritant aussi d'origines diverses (espagnole andalouse par ma mère, coïncidence étrange que tu baignes en ce moment même dans mes lointaines racines...et alsacienne du côté paternel). J'ai eu très vite une forte envie d'indépendance et par passion pour la couture, je suis montée à la Capitale faire une école de stylisme. Passion née de l'héritage de ma grand mère Irène qui était une excellente couturière et modiste dans sa jeunesse. J'ai poursuivi mes études et rapidement grâce à de belles rencontres, j'ai côtoyé le milieu de la mode. J'ai travaillé d'abord chez Dior comme petite main puis le temps et l'expérience faisant, je me suis perfectionnée et suis devenue une couturière connue et respectée dans ce milieu. Si bien que je me suis fait un beau carnet d'adresses. J'ai rapidement décidé de partir pour voler de mes propres ailes et tout naturellement, il s'est imposé à moi,la création de robes de mariées. Recommandée par de prestigieuses boutiques, j'ai travaillé rapidement. Aujourd'hui, loin de l'agitation parisienne et par envie de retrouver mes racines toulousaines, là où je renoue avec l'inspiration créatrice, je réalise des modèles sur commande pour des clients Parisiens ou Provinciaux.

Voilà pour faire court car une ou plusieurs vies ne se racontent pas en cinq minutes, encore moins virtuellement parlant. Cela nous donnera quelques bonnes soirées d'échanges à partager.

Ne m'en veux pas de freiner ton élan fougueux et amoureux car cette relation, notre relation bien qu'incroyablement féerique reste virtuelle. Il faut garder la tête froide même si nos corps se réchauffent et essayer de ne pas trop idéaliser.

Pleins de tendres baisers à mon poète andalou."

Antoine : " Je te connais un peu mieux à présent. Curieuse coïncidence que mon lieu de vacances soit aussi la naissance de tes racines et coïncidence également quant aux origines alsaciennes de ton papa qui sont aussi les miennes! Joli récit et une volonté de réussir est en toi. Je t'en félicite et j'aime ce tempérament. De mon côté je me présente. Antoine né au Havre en Seine Maritime et second d'une fratrie de sept enfants. Je suis le seul à être parti de ma région natale. Études professionnelles orientées vers la mécanique physique des matériaux et alliages. Dessinateur industriel, je ne trouve pas de travail et en 1982 alors que je termine mon service national, je décide de passer le concours de la Police Nationale. Cela va me permettre de fuir ma région qui se meurt à petit feu. Je suis formé comme CRS à Saint

Brieux et en août 1982 je démarre mon activité à Versailles. La vie de flic n'est pas une vocation et je me rends vite compte qu'elle n'est pas vraiment faite pour moi. J'en profite pour faire une spécialisation et je deviens moniteur éducateur dans les écoles primaires pour enseigner les rudiments de sécurité routière auprès des élèves. Très enrichissant, je travaille en collaboration avec l'éducation nationale et la prévention routière. je suis formé et inspecté comme un maître d'école et j'exerce avec zèle ce métier qui devient une passion. Cela durera 6 ans après quoi j'en ai assez mais surtout je rencontre des patrons d'entreprise qui vont m'interpeller sur mes capacités. En 1988, je quitte la région parisienne pour aller suivre une formation commerciale à Bordeaux. 10 mois plus tard je prends un poste sur Toulouse avec comme objectif de développement, le négoce en matériaux de construction. J'atteins les objectifs fixés et j'en suis récompensé et cela va durer 7 ans. Opportuniste, je me rapproche d'un fournisseur d'usine car j'ai l'idée de devenir agent commercial itinérant. Piste à évolution majeure et surtout je veux par la suite devenir autonome. Je travaille toujours avec passion et engagement dans tout ce que j'entreprends. Il y a beaucoup encore à raconter. Je suis un homme passionné et je remercie chaque jour la vie de me permettre d'être là pour raisonner, aimer, partager...Nos ardeurs doivent être contrôlées et garder la place à cette inconnue qui verra le jour d'ici peu! c'est effectivement très jouissif de vivre ces instants alors que rien ne le présageait. C'est pourquoi tu es une fée et en la circonstance, une Fée Andalouse! Pleins de baisers et de pensées amoureuses, c'est la vie, c'est l'amour.. »

Inès : "Quel parcours, dis moi! Je suis impressionnée car c'est peu banal qu'un flic devienne maître d'école. Cela cache une personnalité à la fois riche et complexe mais d'une adaptation exceptionnelle. Quand à être passionné, toi comme moi, pouvons nous rapprocher par ce point commun..Je ne peux rien faire sans passion, et quand je ne me sens plus à ma place, il faut que j'en change(d'où le goût pour la nouveauté, les challenges, les défis), et je dirais qu'en amour, c'est aussi un peu mon registre. J''ai besoin d'un homme que je puisse admirer, qui me rende vivante et me fasse vibrer et me rappeler que chaque jour qui passe est peut être le dernier, un homme qui me surprenne, avec lequel je ne m'ennuie jamais et qui n'aime pas les habitudes…

Je crois qu'il pourrait te ressembler!

Mais de quel signe es tu donc? peut être me tromperais-je si je pariais pour un signe de feu?

Tendres baisers salés de l'Atlantique"

Antoine : " Ce que j'aime en toi et c'est important, c'est ta capacité d'écoute et l'intérêt que tu me portes. Rien que pour cela tu es un AMOUR et je tiens à t'en remercier. Cela ne peut que nous rapprocher et c'est si bon de se serrer l'un contre l'autre quand on sait que les émotions s'échangent. »

Un peu plus tard en fin d'après midi et toujours aussi assidu, il continua à lui livrer ses ressentis et lui fit partager son état émotionnel et mental. Voilà, elle pouvait se réjouir car elle était bien arrivé à ses fins. La manipulation avait été habile car il tomba facilement dans le piège de l'amour qu'elle lui avait tendu.

Cependant sa victoire lui paraissait encore en demi teinte , elle irait donc le plus loin possible et au bout de cette histoire. Elle commençait d'ailleurs à imaginer une fin possible à cette aventure rocambolesque. Arriveraient ils à se rencontrer une deuxième fois? et quelle serait sa réaction en la revoyant et en comprenant la tromperie? et quelle serait celle de Camille? Il lui restait encore quelques jours de poésie, de délectation et d'échanges torrides avant le verdict.

Antoine : " La nuit est tombée en Andalousie et je découvre ce merveilleux ciel étoilé. Nu sur le lit, je pense à toi en vibrant et rejoins les bras de Morphée à défaut des tiens. Douce et tendre nuit à Royan mon BB. »

Inès : "j'espérais tant ce dernier message avant de m'endormir. Moi aussi, je suis nue dans mon lit mais je ne peux voir les étoiles, le ciel étant chargé...dommage, j'aurai pu leur demander de te faire un signe et de t'envoyer un petit souffle léger sur le bord de tes lèvres.
Tu me manques Antoine
Belle et douce nuit chéri, et rejoins moi dans mes rêves. »

Antoine : "Je reçois ces doux baisers qui me transperce le cœur, quant à moi je porte mes lèvres sur les tiennes et mes mains sur ton corps nu. Fermes les yeux et imagines cette douceur qui caresse ton corps. Je te sens prête à le faire aussi pour m'accompagner. Tu es délicieuse et toute vibrante. Je me serre contre toi et tu sens mon corps se durcir. Oui c'est bien moi qui, chargé d'énergies te transporte vers cet amour que tu attends.

Fais moi un signe BB c'est si bon quand on se sent aimé.

Je suis avec toi trésor, Hum que c'est bon... »

Le lendemain matin aux aurores...

Antoine : "Bonjour BB,

cette nuit a été douce. Je me suis endormi en pensant fortement à toi. Je ne peux rester de marbre à l'idée de notre imagination débordante et prolifère. J'ai été agité, et sans me réveiller, j'étais avec toi et nous nous découvrions mutuellement. Tu étais surprise en me caressant que je puisse être si fortement excité si bien que comme un trophée tu agrippais délicatement mon attribut entre tes mains pour le chouchouter. Emoustillée , tu me dévorais langoureusement et avec énergie. Ta langue glissait et tes lèvres enrubannaient mon gland avec douceur. Tu t'arrêtais pour me regarder et nous nous embrassions avec l'envie de frotter nos corps l'un contre l'autre. Tu me rendais heureux.et à mon tour alors que tu guidais ma tête vers les portes du paradis, tu me murmurais : " viens mon chéri, mange-moi, j'ai envie que tu me fasses exposer de jouissance intense"Ma langue glissa alors vers ton petit bouton de rose, ce qui t'excita au point de te débattre, te déhancher. J'ai aimé lorsque tu as étreint ma tête entre tes mains en jouissant de toutes tes forces et que tu lâchas quelques petits cris dans une respiration haletante. Oui tu te lâchais heureuse et me demandais de te faire l'amour. Je me glissais le long de ton corps puis dans un élan gracieux, tu me retournais pour prendre en main cet acte tant attendu. Excités tous les deux, tu venais m'emboîter le temps d'une première pénétration. Une intensité, une immersion totale dans un autre. Nous nous embrassions fougueusement, tu bougeais pour à nouveau laisser mon sexe ressortir pour aborder une nouvelle et lente pénétration. Encore plus fort, celle ci quand au même moment nos regards laissaient transparaître ce désir fou. Et tu descendais, me prenant en profondeur et me serrant. Je te sentais ferme et bien ajustée avec des sensations intenses faisant vibrer nos corps. Nous n'arrêtions pas, bien au contraire, c'est si bon de partir dans cette nouvelle dimension! nous avons fait l'amour longuement. Comment ne pas raconter ce qu'il y a de plus merveilleux au monde?

Ce matin, je suis seul,un peu déboussolé, et avec une folle envie de toi. Que c'est beau l'amour mais parfois la situation est cruelle! il faut attendre! Hum toi BB plein de désirs fous qui me métamorphosent. Tu me manques avec force.

Ton calinou"

Inès : "Bonjour chaton, comment peux tu me deviner autant? Je n'aurais pas su décrire aussi bien que toi mes envies et mes propres attentes physiques, c'est comme si nous avions déjà fait l'amour dans une autre vie, un autre plan de conscience. Comme si ton corps n'était qu'une contrée dans laquelle j'avais déjà séjourné. Ton récit est érotique, sensuel sans être vulgaire. Je crois que tu étais alors bien dans mon rêve, dans mon corps dont tu ne pouvais t'extraire tellement l'attraction était forte et naturelle. L'amour que nous avons fait cette nuit fut un acte d'amour surdimensionné, presque céleste, avec les étoiles pour nous surveiller. Ton corps était bouillant en Espagne et réchauffait le mien à Royan où les températures se sont rafraîchies. J'ai tout apprécié avec ardeur et gourmandise, ton application à répondre à mon plaisir et mon implication à te rendre le plus heureux des hommes au même instant. Ton corps est doux comme le mien, et s'emboîte parfaitement au mien, telle la pantoufle de vair au pied de la princesse.....Le temps va nous paraître interminable avant ces retrouvailles que je pressens exceptionnelles et où le temps et le monde s'arrêteront. Reviens moi vite mon prince, mon amant, mon amour...pour que ta câline et sensuelle BB te serre fort dans ses bras et t'embrasse fougueusement.."

Antoine : "Je viens de prendre ma douche et je n'ai pas pu résister au fait de me faire plaisir. J'ai pensé très fort à toi et ce fut explosif. Je ne me cache pas et encore moins la vérité. Je me suis exceptionnellement masturbé pour toi ma chérie. Il me tarde de voir si nous sommes compatibles sachant que l'engagement me fait peur. Enfin nous verrons bien, il reste du temps pour faire évoluer tout cela. Tu m'émoustilles et me fais frétiller au point d'en avoir mal au bas ventre. Oh! petite sirène, que m'arrive-t-il?
Cette nuit je t'ai aimé avec vigueur et ces images sont ancrées dans ma mémoire. Je dois me préparer pour partir ce matin mais je traîne dans tes pensées.
Bisous partout ma déesse des temps modernes. Hum toi! c'est si

bon.

Inès : " Tu n'as rien à me cacher de ton intimité, je devine tout de toi. Moi aussi, j'en viens aux plaisirs solitaires en me connectant puissamment à toi et c'est trop bon. Pour moi aussi, l'engagement fait peur car j'appréhende de souffrir encore une fois. Mais j'aime faire l'amour si possible avec un partenaire régulier pour que chaque nouvelle fois devienne unique et surpasse la précédente! Sur ce plan, et d'après mon ressenti, l'osmose et l'harmonie entre nous devraient être au rendez vous. Mon petit bouton de rose n'attend que toi pour éclore…
Oh mon capitaine, transporte moi encore longtemps dans tes proches et lointaines contrées intérieures...Douces caresses et que mes tendres pensées t'accompagnent tout au long de cette journée. »

Un peu plus tard dans la journée...

Inès : "Les journées et les heures défilent sans que je ne puisse détourner mon attention de toi. Je suis entourée mais totalement ailleurs, mes pensées tournées incessamment vers toi. C'est la première fois qu'une telle chose m'arrive, qu'une âme, une vie m'obsède à ce point, peut être es tu cette âme sœur que nous sommes tant à rechercher.L'avenir nous le dira. Je ne te connais pas mais je t'aime déjà d'un amour virtuel idéal et inconditionnel. Merci ô toi mon Antoine pour ces heures et ces jours d'enchantement et pour cela je te couvre de mille baisers. C'est une journée d'été idéale, douce sans être trop chaude avec un léger vent rafraîchissant..Nous arrivons dans un endroit magnifique isolé de tout, une petite clairière au fond d'un bois, d'où l'on peut entendre le murmure d'une cascade à proximité...nous nous y rendrons plus tard! L'heure est à la préparation du pique nique. Nous déplions une nappe soyeuse et douce sur laquelle nous pourrons nous enlacer ...L'appétit nous submerge en même temps et lentement tu m 'agrippes par la taille et me diriges vers toi. Tes lèvres humides s'approchent des miennes que tu embrasses fougueusement. Ta langue fait corps et danse avec la mienne. Je sens ton corps et le mien frissonner de désir. Nous nous allongeons...et c'est alors que je te propose des préliminaires sucrés, salés. C'est la position inversée que nous entamons, moi je me dirige vers ton sucre d'orge bien dur et le badigeonne d'un petit coulis légèrement piquant pour que tu ressentes de la chaleur et qu'avec l'humidité de ma bouche je te rafraîchisse doucement en te léchant d'abord le long de la ligne bleue puis à grande bouche de bas en haut avec mes lèvres exerçant une petite pression. Tu aimes et je le sens. De ton côté, tu badigeonnes de ce même coulis doux et acidulé sur mes petites lèvres et ma petite Tagada bien enflée. Tu approches alors le bout de ta langue me léchouillant délicatement puis goulûment, c'est bon!!crie ma chatte à mon chaton!

Te régales tu mon loulou?

Nous avons encore et toujours aussi faim. Alors si nous attaquions le plat principal, chaud bouillant. Tu te retournes sur le ventre pour que je puisse m'asseoir confortablement sur tes fesses. Je sors de mon panier une huile aux senteurs exotiques réveillant ainsi encore plus nos sens. J'en fais couler un peu dans le creux de mes mains pour la réchauffer et commence un massage de ton dos, fort et enveloppant à la fois, pour finir par souffler délicatement dans le creux de tes reins. C'est alors que complètement excité, tu te retournes et me renverse sur la nappe. Tu m'embrasses généreusement pour me remercier tout en empoignant mes seins durs et pointus et redescend ta main en direction de la porte du ma bonbonnière pour préparer le chemin d'accès à ton sucre d'orge. Mais avant, j'ai une petite surprise pour toi ! De mon panier, je sors quelques ustensiles pour « pimenter » notre cuisine. J'ai apporté un anneau vibrant que je glisse avec adresse vers la base de ton vaillant pénis et pour moi, j'ai prévu des boules de geisha que tu introduis dans mon vagin. Il est temps de passer à la cuisson, le four est à température idéale. C'est comme cela que tu entres enfin dans mon écrin, les boules me procurant un plaisir intense partagé, la vibration de l'anneau sur mon bijou me faisant un effet incroyable. Nous continuons encore et encore.. c'est fabuleux mon chéri...nous changeons alors de position et retirons nos petits joujoux...Tu as envie de continuer sur une levrette tout ce qui a de plus classique et dans un mouvement de va et vient très lent tu me fais frissonner en caressant du bout des lèvres ma nuque. C'est bon car c'est lent, chaud et d'une sensualité extrême. Tu accélères ton mouvement de plus en plus vite, de plus en plus profondément jusqu'à ce qu'au même instant la divine jouissance et la grâce nous envahissent. Tu restes un moment en moi car nous n'avons pas envie de nous détacher encore de cet instant unique d'éternité. Je me rallonge dans tes bras et nous finissons par nous endormir serrés fort l'un contre l'autre dans une paix et sérénité prodigieuse. Et lorsque nous nous réveillerons, que veux tu que nous fassions? N'oublie pas que pas très loin, une cascade nous attend. Qu'en dis tu mon chéri? »

Antoine : " Quelle est cette mélodie que nous entendons dans cette direction? Elle est douce et nous appelle vers elle. Chérie, je pense qu'elle chante pour nous. Nous nous dirigeons vers elle et nous découvrons cette magnifique cascade. Je vois là une beauté et la compare à ta chute de tes reins. Que se passe t-il dans nos têtes alors que nos regards se croisent les yeux brillants d'envie et de bonheur ? Main dans la main, nous dansons au rythme de cette danse de l'eau tout en se collant fort l'un contre l'autre. Vite, nous enlevons nos vêtements pour plonger sous cette pluie vivifiante qui bientôt nous enveloppe entièrement et chantonne la ritournelle des amoureux. Nous ne faisons qu'un avec cet élément protecteur de la nature qui nous lave et nous purifie. Quelle délicieuse sensation de sentir à travers sa fraîcheur, nos corps si bouillonnants ! Je te caresse, passe mes mains partout sur ton corps sans oublier le moindre de ses recoins. Tes seins glissent sur mon corps et je sens tes bouts très fermes que je mets dans la bouche; je te désire plus que tout. Tu dégages une telle sensualité, tu es très belle à regarder et ton regard ne m'échappe pas. Malgré cette fraîcheur, mon corps est brûlant, excité. Une petite grotte se trouve à deux pas de la cascade et j'y dépose les serviettes sur une plate-forme en retrait,légèrement en pente. Je prends ton corps et le pose à terre sur la serviette. Tu frissonnes un peu mais tu me murmures à l'oreille "j'ai envie de toi".Tu te redresses en me plaquant au sol et m'enfourchant. Tu es sur le cavalero. Je sens l'instinct félin en toi, dominant sa proie et j'aime cela. La musique s'accélère et le rythme du va et vient avec. De mon côté, je prépare la rébellion. Je gémis de plaisir. Sans que je puisse réagir tu te couches sur mon corps en prenant ma tête pour m'embrasser. Tu deviens folle, tu trembles, tu gémis, tu me dis des mots d'amour et pendant ce temps, le bas de ton ventre effectue des petites rotations enrobant à fond mon sexe dans le tien. Mes mains caressent tes seins puis je saisis tes fesses pour renforcer le mouvement. La jouissance embrase nos corps, la déferlante est pour bientôt et je jouis de plaisir au moment où toi même, tu lances un cri sans pareil. Que c'est bon de faire l'amour avec toi. Nous restons quelques instants entrelacés pour garder en nous ces intenses moments et je t'embrasse, je t'embrasse...A bientôt de te lire ma féline qui m'a montré son côté puissant pour lequel je ne puis résister.

My love!"

Cela faisait maintenant 5 jours qu'ils commu... niquaient avec ferveur et fébrilité. L' esprit de Camille se baladait cette fois entre enthousiasme et retenue avec cette conscience d'aller un peu trop loin malgré tout. Elle arrivait presque au terme de sa vengeance mais son tempérament fleur bleue la laissait tout de même embrasser l'idée que cet homme, qui la touchait et lui

113

livrait son intimité sans réserve , pourrait au final lui revenir. Bien que se dissimulant sous des faux semblants, c'était sa vérité émotionnelle profonde qu'elle exprimait à travers Inès. Même si elle doutait qu'Antoine soit capable de faire abstraction du physique élogieux qu'elle lui faisait miroiter, elle voulait croire encore en sa pureté d'âme et de cœur qui lui dicterait de ne regarder que la beauté intérieure et pas seulement l'image extérieure. Il lui resterait encore quelques jours avant d'avoir la réponse alors elle continuerait à espérer. Sous l' insistance de ce dernier,qui désirant de plus en plus des preuves de l'existence physique de sa dulcinée virtuelle, elle choisit, pour mettre fin à ses doutes, de lui renvoyer une photo de Sarah Jessica Parker, sourire radieux aux lèvres et cheveux aux vents , tenant fièrement la barre d'un voilier. En grande stratège, elle prit l'initiative de ralentir les échanges pour le tenir en haleine, maintenir le suspens au maximum et faire retomber un peu l'emballement et la course effrénée de son pilote andalou, ce qui sans surprise le dérouta.

Inès : "Il va falloir un peu de temps avant que je te livre la suite de l'épisode Chaton car je suis morte de fatigue, la journée en mer m'a éreintée. Désolée mais je te promets une suite à cette histoire, à notre histoire. J'imagine très bien notre rencontre et je suis même en train de fabriquer une jolie robe blanche en dentelle rien que pour cette occasion. Les journées me paraissent interminables, tu m'inspires comme personne, et nos âmes se connectent tellement facilement et naturellement qu'il me semble impossible que le physique change la donne. Bonne nuit chaton d'amour, ronronnes bien cette nuit car je ne cesserai de te caresser!...langoureux baisers."

Antoine: "Heureux de te lire. C'est vrai qu'il se passe quelque chose de magique entre nous. Je pense tout le temps à toi et tu es très loin, ce qui n'arrange pas le temps qui passe trop lentement. A la piscine, je médite, je pense et je projette et imagine te voir et me rassurer que tu existes bien. Tu es très jolie et j'aime te contempler. Mes nuits sont agitées tellement je pense fort à toi. Tu me manques Inès.

Plus tard dans la nuit, vers 1h du matin.

Antoine : " Alors qu'elle naviguait en tenant fermement la barre, elle déposa son empreinte dans les sillons de l'océan. Les cheveux au vent, on voyait défiler les miles à plus de douze noeuds. Les yeux effilés, le regard doux, elle restait maître à bord. Telle la proue de son bateau qui fend les vagues en laissant naître l'écume, elle fleurissait avec le vent qui s'empressait de gonfler la grande voile. Belle Sirène, tu es, quand je te vois sur le pont braver la houle alors que si douce, puisses tu être. J'aime lire tes messages de bonheur. C'est cela ta force, ta volonté, ta puissance, ton charisme et ta détermination. Ce voilier ne te résistera pas, pas même l'océan qui te porte sur son dos. Je vois en toi la déesse surfant sur la vague du bonheur, s'empressant de rentrer au port pour vite aller écrire ces mots d'amour à son chéri resté à quai. Joli cœur, tu es belle, tu es très belle, je ne dors pas, je regarde cette photo que tu m'as adressée et mon inspiration renaît. Mon sommeil est perturbé, j'ai très envie de te prendre dans mes bras, tu représentes la sensualité que j'aime et ô combien il me tarde de poser mes mains sur chaque courbe de ton corps. Je n'ai jamais autant vibré avant même de t'avoir rencontré. J'ai la gorge serrée, le ventre noué et des fourmillements dans tout le corps. Je regarde par la fenêtre mais il n'y a que des montagnes et comment puis je imaginer un instant qu'un bateau surgisse avec ma Sirène à la barre! Je laisse l'imagination de côté pour penser que notre histoire est belle et la vivre ainsi est sûrement un signe du destin. Je suis éperdument amoureux de toi au point de ne plus avoir envie de dormir. Je vais refermer cette page d'écriture en déposant un beau et long baiser que tu recevras à sa lecture. Que ce baiser t'envahisse de bonheur, de joie pour la journée à venir. Je t'aime. »

Le lendemain de très bonne heure.

Antoine : "En te découvrant sur la toute première photo, je trouve que tu reflètes cette femme pure, chaste et c'est cela qui m'a séduit. Je n'aime pas ceux ou celles qui portent la vulgarité. Tu as beaucoup de classe. Tu présentes joliment la femme et ta stature est éloquente. Voilà ce qui m'attire vers toi. Je suis fin dans mes définitions et c'est pour cela certainement que j'ai du mal à refaire ma vie. Peut être trop exigeant mais c'est ainsi. Je n'avais pas encore trouvé mon âme sœur. Ce que nous échangeons n'est pas banal et je ne l'ai jamais vécu auparavant. Aujourd'hui je me sens transformé et l'homme qui n'est pas un virtuose de l'écriture se révèle bien plus sensible et inspiré qu'il ne l'aurait jamais cru. Tu es la femme qui m'aura ouvert à ce monde littéraire et pour cela je te remercie et te dit "je t'aime" Aujourd'hui je pense savoir aimer....

A ma sirène inspiratrice... »

Inès : " C'est beau ce que tu écris sur moi. Tu as raison, je suis une femme souvent initiatrice dans la découverte de la personnalité de l'autre. Je pense avoir en effet la faculté de révéler des talents insoupçonnés chez ceux qui n'en sont pas conscients. Souvent détonateur de changement de vie pour certains qui étaient englués dans leur quotidien. Peut être est-ce cela ma mission terrestre, et avec du recul j'en suis plutôt fière...peut être alors m'a t-on mis sur ton chemin pour te conduire vers plus de connaissances intérieures de toi même...je te l'ai déjà dit, je suis ton petit ange qui veille sur toi...."

Antoine :" tu es formidable et j'espère t'apporter à mon tour ce que tu attends ou cherches depuis longtemps. C'est un très bon début de rencontre. Hum, que j'aime ouvrir ma boite mail, c'est chaque fois du bonheur et l'envie de partager avec toi! Plus que mon ange, plus que ma muse, tu es mon double, mon miroir! Inès, je te désire et je veux que nous partions dans cet univers qu'est l'amour avec un grand A. Viens me rejoindre, viens à mes côtés. Je te veux corps et âme. Voilà comment je veux t'aimer."

Inès ; " Je ne pourrais aussi bien exprimer mes pensées qui sont aussi les tiennes. Le temps est long mais c'est celui qu'il nous faut pour que le moment de notre rencontre soit idéal...rien n'est hasard. Les choses arrivent toujours à point à qui sait jouir de la vie. Notre découverte n'en sera que plus forte et chargée d'émotions. Je serai toute entière à toi, sublimée par ton amour, si bien que tu ne pourras plus te passer de moi car ensorcelé, tu seras. Prends garde à toi bel Andalou car tu ne t'en remettras pas alors tiens toi prêt à recevoir ta belle amazone…"

Antoine : "Mon amazone, je me prépare chaque jour qui passe depuis ton premier mail. J'aspire à vivre ces moments de plénitude avec toi…
Ulysse ton amoureux."

Inès : "Je suis une vraie femme fatale et romanesque à l'image des héroïnes des romans de Stendhal. Je suis aussi actrice de ma vie en étant consciente que chaque jour qui passe peut être le dernier. La vie est un cadeau précieux qu'il faut accepter, avec un chemin parfois semé d'embûches et parfois semé d'étoiles. Chaque souffrance physique et mentale nous rend plus fort. Il faut savoir respecter la nature et les êtres qui nous entourent en essayant de faire de son mieux, en donnant de soi tout en sachant recevoir aussi. Je n'ai pas oublié le scénario de la cascade, je te le promets pour plus tard, mais un peu de philosophie et spiritualité nous portent aussi vers le haut comme la sensualité vers le 7ème ciel!!

Gros calinou chaton."

Antoine : " A chaque jour suffit sa peine, et faisons en sorte qu'elle soit la plus légère possible. J'ai appris très jeune à aider mon prochain et mon fond intérieur est construit sur des valeurs humaines et de respect. De plus ces dernières années, j'ai connu la galère. Celle qui tombe dessus comme une masse. J'ai souffert pratiquement pendant deux ans et j'ai du me reconstruire quasiment seul. Pas facile mais mon tempérament et ma pugnacité ont fait que depuis 2012 je reprends le chemin et remercie chaque jour la vie de me donner une nouvelle chance. C'est pourquoi nos chemins ne pouvaient se croiser à cette période. Il y a plein de choses que j'apprécie chez toi. J'espère que je n'aurai pas une mauvaise surprise. La confiance est née et je ne me livre pas aussi facilement mais depuis ce pépin de santé, j'ai appris à m'ouvrir car autrement, je ne sais au fond de quel précipice je serais. Merci à l a vie et à toi mon héroïne. Pleins de bisous tendres, rien que pour toi BB."

Inès : "Tu m'as montré que tu étais un être sensible et profond...et j'espère ne pas te décevoir non plus...mais je ne suis qu'un être vivant avec ses qualités et ses défauts et je ne suis malheureusement pas parfaite. Mais tout ce que tu m'auras livré, sera gardé et préservé comme un trésor en moi. Et crois moi, tu peux faire confiance à mon moi intérieur…
Mais qu'entends tu comme mauvaise surprise? Je vais de ce pas faire une petite sieste réparatrice car je sors danser ce soir...Mais

nous avons rendez vous cette après midi au bord de la cascade mon doux chaton!"

Antoine : "Tu es délicate et j'apprécie beaucoup. J'ai aussi des défauts et des qualités mais je sais écouter et entendre pour essayer de mieux comprendre. Bonne sieste BB et n'oublie pas que je te prends dans mes bras pour t'alléger de tes fardeaux et rendre tes rêves plus doux. Je pense à toi petit ange, rendez vous tout à l'heure à la cascade…"

Elle qui se défendait d'une honnêteté exemplaire, cette aventure commençait à égratigner son intégrité, sa raison et suscitait dans son esprit, un véritable cas de conscience. Elle était en train de jouer avec les sentiments de cet homme alors qu'elle même avait tellement souffert de cette injustice tant de fois ressenti à son égard. Pourtant l'excitation du jeux de rôle était bien plus puissant que ses tergiversations. Alors c'était parti pour l'acte 2, scène3...

Antoine: " Je suis sur la route, nous avons programmé une petite sortie en famille, je te lirai vers 17h...il me tarde, à tout à l'heure près de la cascade"

Un peu plus tard, à l'heure du goûter gourmand...

Inès : " Nous venons de sortir nus de l'eau où tu m'avais caressée incessamment, comme la cascade qui tombait derrière nous.

Encore mouillés et serrés l'un contre l'autre, nous rejoignons ce beau rocher plat qui nous apparaît comme être le parfait lit douillet prêt à nous accueillir. Tu t'allonges sur la pierre lisse et réchauffée par le soleil, tu en frissonnes de plaisir et m'ouvres les bras pour m'inviter à m'allonger sur ton corps enveloppé d'une douce tiédeur. Je me frotte à toi comme une chatte miaulant de caresses que tu me procures sans attendre...Avec la pulpe de tes doigts, très sensuellement, tu descends le long de ma nuque vers le bas de mes reins. Ton regard est rempli d'envie et de désir comme les miens qui te disent je t'aime..la faim grandissante, désormais nous ne formons plus qu'un. Tu es enfin en moi. Avec le soleil qui caresse mon dos, c'est un pur moment d'extase. Je ne veux pas te laisser partir alors en contractant le bas de mon ventre j'essaie de te retenir un petit peu...tu vas et tu viens lentement pour ne pas trop faire monter la pression et la jouissance. Je me soulève de nouveau pour me mettre accroupie sur toi et je commence à sursauter doucement d'abord et puis dans un rythme plus effréné et de plus en plus en profondeur. Je suis terriblement excitée, je me cambre et des petits mouvements de rotation autour de ton sexe pour que sur toute sa longueur tu ressentes les parois chaudes et humides de mon écrin d'amour. Tu aimes ça et tu me l'exprimes. Je ralentis et m'arrête un instant en revenant me blottir dans tes bras et t'embrasser tendrement pour te remercier de ce moment de grâce. Tu décides alors de me retourner . Tu introduis ta chaude baguette dans ma boulangerie surchauffée. Tu m'agrippes les fesses et me prend profondément avec une force et douceur presque animale. Tu me domines et j'aime ça, je suis ta

121

proie complètement soumise. Tu continues et continues encore de plus en plus fort, je crie de bonheur et comprend que ma petite mort arrive et la tienne tout aussi imminente. Oh chéri, quel bonheur et plénitude ! par magie,nous atteignons l'orgasme en même temps ce qui à comme effet de démultiplier notre ressenti. Nous nous nous aplatissons tous les deux sur le rocher bouillant de nos chaleurs corporelles et sans m'abandonner, tu m'embrasses délicatement la nuque et me serres fort contre toi. J'agrippe tes bras pour que tu m'enveloppes et ne m'abandonnes pas. Il est tard maintenant et nous devons quitter cet endroit béni des dieux où nous aurons laissé l'empreinte et le souvenir de notre amour, de notre bel amour...Merci chaton pour ces autres moments de béatitude littéraire..tu me fais passer des vacances extraordinaires que je ne suis pas prête d'oublier.

A toi de continuer l'histoire…que je ne lirai peut être que demain...ce soir je sors faire la fête avec des amis...énormes câlins!"

Antoine : "Mon BB d'amour, je me suis plongé dans ce scénario sur le rocher avec toi. J'adore que tu prennes ton temps pour faire l'amour avec moi car c'est ce qu'il y a de plus important dans une relation. Pour ma Déesse, je ferai l'amour comme un Dieu, je m'y engage. A savoir, prendre tout le temps nécessaire aux préliminaires. Se regarder et nous sommes beaux, s'approcher avec sensualité, s'embrasser suavement comme tu l'as joliment dit ; oui c'est bon de faire monter le rythme et la pression. Faire des rapprochements par des frottements érotiques, jouer avec nos mains sur les pianos de nos corps et laisser s'envoler la musique de nos cœurs. Nous regarder à nouveau puis nous embrasser. Je sais que tout cela va marcher entre nous et le reste suivra. Je voudrais tant voir la douceur et l'amour dans ton regard. Tu as un joli sourire et j'adore la forme de ta bouche. Tout est beau chez toi chérie et c'est un cadeau venu du ciel. On a beau dire, le physique ça compte dans les premières minutes. Tous les deux nous sommes beaux, je fais 1m83; de quoi te protéger. J'espère fortement qu'en nous embrassant il y ait ce petit plus, cette petite flamme qui s'embrase. Depuis ces derniers jours, je passe beaucoup de temps seul dans mon coin et lorsque je suis avec la famille, je ne cesse de penser à toi. J'imagine ces scènes que tu racontes avec une réalité bluffante et dans lesquelles je me plonge sans retenue. Tu es exceptionnelle et je veux te le dire en face. A toi seule, tu es un amour que je veux conquérir en vrai, avec force et distinction. Je pensais que nous pourrions projeter un déplacement à Paris en septembre prochain. J'ai un client à voir pour les affaires. Quelles vacances d'été 2013?

Ce soir dans mon lit, je ferai comme chaque jour une projection dans l'avenir en relisant tous ces mails échangés. Ils sont beaux et fondés sur l'amour, même à travers le virtuel, ils sont authentiques car écris avec le cœur. Voilà pourquoi je voudrais aussi te dire je t'aime comme tu me l'a dit dans la scène du rocher et qui m'as communiqué une forte émotion. A ma tendre et douce chérie que je veux serrer contre moi et embrasser en lui disant JE T'AIME!!"

Quelques heures et complètement dépendant de cette relation virtuelle, il continua à entretenir le lien alors qu'elle était censée festoyer.

Antoine : "Chérie, es-tu là? Je viens de regagner ma chambre et mes pensées vers toi ne m'ont pas quitté une seconde. Je me sens bien allongé sur le lit, totalement nu. Je me caresse en imaginant que c'est toi. Bien évidemment, je n'ai pas ta douceur mais je tente de me projeter, pour le jour de notre rencontre. Cela va être fabuleux car nous aurons beaucoup avancé sur la personnalité de chacun, sur notre perception des choses, attisant le feu amoureux qui va nous réunir. Je reste fixé sur tes photos. Ta bouche attire la mienne et comme elle me plaît beaucoup je pense que nos baisers devraient être engageant. Tu es belle Inès et je ne cesse de te le dire. Tu dégages une sérénité et une assurance en toi qui me conviennent. Femme d'affaires, je te verrai bien!Avocate aussi ou DRH dans un groupe. Je te verrais bien aussi comme propriétaire de chevaux racés en relation avec des milliardaires qui te confieraient leurs purs sang pour en prendre soin. Et le dernier profil, écrivaine ou conseillère en phytothérapie. Je me suis endormi mais un bref réveil me permet de poster mon mail.
Bonne nuit petite chatte câline et à bientôt pour miauler entre tes griffes."

Réveillé aux aurores le lendemain, Antoine repris son I phone pour rétablir le contact sans toutefois aucune nouvelle de Camille alias Inès.

Antoine : "Bonjour joli cœur.!

Réveillé de bonne heure, ma surprise fut grande de ne pas te sentir à mes côtés. J'étais pourtant bel et bien, avec toi, nous étions en train de nous promener main dans la main. Nous étions en pleine nature, le long d'un petit chemin forestier. Je me souviens, il fait beau, la nature est en fleur, nous sommes heureux et par moment tu avances avec des pas de danse faisant tourner cette robe blanche presque transparente et à demi ouverte. Tu es très élégante et tes cheveux suivent le mouvement de ta tête qui effectue des rotations au fil de tes déplacements. Tu me souris, laissant apparaître ta jolie dentition. Les mimiques de tes mains m'appellent élégamment à te rejoindre et ouvrant grand tes bras, je m'avance pour t'embrasser. Tu es pétillante et voluptueuse, ta poitrine est gonflée agitant l'encolure dégagée. J'aime cette séduction, cette attirance de l'un pour l'autre. Me trouvant à quelques centimètres de toi, je te prends avec énergie dans mes bras, les tiens encerclant mon cou. Tu me serres très fort et me dis "c'est toi que j'aime, c'est toi que je veux mon amour"."

Quelques heures plus tard et alors qu'il continuait ses déclarations d'amour, il lui envoya quelques autres photos de lui en vrai et fier andalou. A travers elles, s'affichait son assurance et arrogance narcissique dans ses pouvoirs de séduction, ce qui avait tendance à fâcheusement agacer Camille et lui donnait encore plus envie de lui infliger une bonne leçon de savoir vivre! Elle décida de ne pas réagir pendant quelques heures, provoquant chez lui une inquiétude grandissante…

Antoine : "Tu dois être fatiguée de la sortie nocturne, mais cela ne m'empêche pas d'être inquiet pour toi! C'est un sentiment de manque...tu comptes tant pour moi! bon je me calme et t'envoie une cargaison de bisous!"

En milieu d'après midi, et alors qu'il n'avait toujours pas des nouvelles de sa déesse.

Antoine ; " Ton dernier mail date de plus de 24 heures dans lequel tu disais que tu allais danser hier soir. Sans réponse de ta part, je suis vraiment inquiet, ne pouvant rien faire de plus qu'attendre. BB fais moi un signe et j'espère que tu vas bien. Je pense à toi ma chérie.
Ton doux chaton."

Inès : "Coucou Chaton, désolée j'ai la tête un peu à l'envers...la fatigue après une nuit de folie en boite avec des amis..j'émerge à peine! il y avait longtemps que je ne m'étais pas autant amusée et déhanchée sur un dance floor!! Je ne t'oublie pas, même l'esprit embrumé.J'ai juste envie de prendre du temps pour réfléchir à notre histoire et prendre du recul! ne m'en veux pas, mais c'est à la fois beau mais aussi déstabilisant et tellement irréel..
Probablement que le seul fait de nous voir anéantira tous ces doutes, et ce ne sera alors qu'une évidence. Je t'embrasse mon chaton et prends soin de toi."

Antoine : "Je suis aussi pris grandement par cette histoire qui est magnifique mais pas surréaliste puisque nous échangeons depuis quelques temps. Comme tu le disais, il faut laisser le temps au temps et ne pas se mettre la pression, notre rencontre n'est pas commune et nous verrons le jour J, si toutefois il a lieu. Je suis sincère dans ma démarche. Profite bien de tes vacances pour te détendre et fais ce que tu as envie. Je dois rentrer fin août. Nous aviserons à ce moment là. Je t'embrasse tendrement. Ton chaton

Inès : " Tu es tellement adorable et compréhensif, cela fait de toi un être encore plus désirable. Oui, cette relation virtuelle et passionnelle doit se construire sur du concret et avec du temps, elle n'en sera que plus belle….
A très vite mon doux chaton!"

Antoine : BB je crois beaucoup en ce qu'il nous arrive car je suis le premier très ému de cette situation hors du commun. C'est parce qu'elle se présente ainsi que j'y crois encore plus. Je me suis aussi sorti du site autant te dire que je ne suis que dans tes pensées et toi dans les miennes. Il me tarde de faire ta connaissance et nous serons dans la lancée de ce que nous avons échangé. Voilà ce qui est merveilleux. Tes caresses et tes câlins ne peuvent que nous faire miauler de désir et d'envie d'aller beaucoup plus loin. En attendant, merci le virtuel et toi, pour m'avoir mis dans ton caddie et moi pour avoir toujours cru qu'une femme exceptionnelle pourrait un jour me surprendre.

C'est déjà tellement de bonheur!
Ton doux chaton qui a envie de se blottir dans tes bras. Et doux chaton qui souhaite te serrer dans ses bras."

Un peu plus tard dans la soirée, il lui renvoya une photo de la campagne andalouse dans laquelle il s'autorisait à rêver…

Antoine: " Vue actuelle depuis la propriété que nous louons et située à 1000 mètres d'altitude. A 21h, il fait encore 32 degrés. Une petite balade parmi les oliviers et ensuite un bon bain dans la piscine. Qu'en dis-tu petite chatte?

Inès : " un petit bain de minuit dans la piscine avec toi! volontiers Chaton…c'est incroyable mais au mois de juin avec une amie, nous avons découvert un petit coin de paradis en Espagne, non loin de la frontière, entre Rosas et Cadaquès, un hôtel perdu dans une crique face à la mer et entouré d'oliviers. Cet endroit ressemble beaucoup à la photo que tu m'as envoyée! J'y retournerai bien avec mon nouvel amoureux pour réécrire l'épisode de l'amour à la plage…
Bonne nuit Chaton. Tendres Bisous."

Antoine: "Pourquoi n'irions nous pas en septembre voir ce petit coin de paradis? Je te fais de gros bisous tendres et enlaçant s. Toi mon inspiration, toi, venue quand je ne m'y attendais pas, que du bonheur! Tu es un petit trésor que j'adore énormément."

Une heure plus tard et alors qu'il n'était pas encore endormi et toujours enchaîné à son téléphone portable, elle retrouvait son poète andalou aux pays des merveilles…

Antoine : " Il est 22h30 c'est bientôt la mi-août et je me trouve à ma fenêtre mansardée dans un petit domaine en Andalousie, un panorama à perte de vue, je scrute le ciel étoilé. Entre chien et loup, une empreinte rougeâtre se profile au loin. Elle se trouve en partie diluée par la nuit qui s'approche et la brume de chaleur (il fait encore 26 degrés). C'est assez curieux comme mise en scène, je pourrais imaginer qu'il s'agit d'une peinture, les montagnes se détachent assez bien et je distingue le spectre des arbres se trouvant à flanc de collines. Le spectacle bat son plein, les cigales font encore crisser leurs ailes et autour le bruit de la journée de vie s'assourdit quand tout à coup un chat se fait entendre par son miaulement généreux. C'est celui du voisin qui rentre au bercail et qui en passant nous souhaite une bonne nuit. ..du moins, c'est comme cela que je l'interprète. Il est roux, il a une bonne bouille, il est gentil alors pourquoi ne nous dirait-il pas bonsoir? Il faut dire que depuis une semaine que je suis en vacances, j'ai bien décompressé, je me sens reposé, je profite du bon temps pour manger tranquillement et je vis au rythme du village Espagnol, c'est à dire tout doucement le matin et pas trop vite l'après midi. Pendant ce temps le ciel s'obscurcit et laisse place aux bras de Morphée. Quelques réverbères éclairent de-ci de-là, les quelques chemins desservant les quelques familles qui habitent à l'année. Il y a bien un ou deux aboiements, signe que la vie ne s'est pas arrêtée. Ce qui est magique, c'est de ressentir une quiétude, une plénitude comme si je vivais dans une grande maquette. Je ne ressens ni agressivité ni mauvaises ondes, peut être aussi parce que je suis en train de vivre un moment insolite de ma vie, mais cela, chère demoiselle, je vous l'expliquerai bien plus tard. Non pas que ce ne soit pas intéressant mais c'est nouveau et personnel et celle, car il s'agit d'une jolie femme, qui occupe mon esprit en ce moment et depuis quelques jours, je ne l'ai pas encore rencontrée…"

Inès : " Encore une fois magnifique description Antoine, tu as vraiment du talent pour dépeindre un décor et nous y plonger dedans. J'aime vraiment ce que tu m'écris et tu l'as bien compris, cela participe à mon attachement et intérêt pour toi…tu as ce côté sensible et féminin tellement touchant chez un homme mais par tes récits érotiques, c'est ton côté masculin et bestial qui m'inspire..tu es l'eau et le feu, la terre et la mer, le yin et le yang, l'harmonie…Seras-tu séduit pour la mienne? Fais de beaux rêves mon artiste enchanteur…

Antoine : " Inès, je suis totalement sous la séduction d'une femme qui dégage beaucoup de plénitude, de sagesse de l'âme et une joie profonde à partager. Comment te dire, tu es tout en un, et ces ressentis sont magiques car je ne pensais pas que cela existait encore. Je suis conquis, séduit et envoûté par la créature que tu représentes. Plus qu'un ange, une déesse à mes yeux. Comment ne pas se rapprocher d'une Déesse? Tu es là et bien là et j'en suis certain, je suis constamment en pensée avec toi et ton esprit. Cela, c'est déjà de l'amour. Oh! que c'est bon Inès de se sentir dans cette peau..rien que pour cela je t'aime...."

Toujours inspiré par ce lien imaginaire, il continua ces envolées spirituelles, ce qui était loin de déplaire à la mystique Camille...

Antoine:"Dans ce début de nuit, j'observe des points lumineux dans le ciel, ils sont un peu particuliers quant à leurs formes. Non, ce ne sont pas des étoiles, encore moins des avions de ligne, cela bouge avec des petits mouvements, on dirait des battements d'ailes. Des chauves souris, pensez vous? Non, pas dans ce secteur, elles n'ont rien à y faire. Des OVNI, non mes amis. Aussi dans ce monde où tout est rationnel et matériel, vous oubliez la spiritualité. Et voilà pourquoi cela fonctionne aussi mal. Vous tombez dans chaque panneau qui vous est dressé et vous oubliez les autres plans de conscience. Dans ces temps de spiritualité intense, les hommes vivaient en harmonie avec la présence invisible mais certaine des anges. Si vous faites un petit effort et vous remettez votre esprit face à cette nuit dont je vous parle, ce sont eux qui traversent ce ciel étoilé. Pour moi ce soir, ces anges ont une signification personnelle en rapport avec ces riches et insolites moments que la vie m'apporte. Je les sais près de moi en toute bienveillance.Qu'ils te protègent aussi ma belle andalouse de cœur ».

Le lendemain la réponse d'Inès lui arriva enfin...

Inès : " Bonjour Bel andalou, que t'ont dit tes anges cette nuit penchés sur toi? T'ont ils prodigué de bons conseils, t'ont ils éclairé sur ton trouble…? N'aies pas peur, oui, nous avons tous nos anges gardiens pour nous protéger et nous guider parfois, mais nous gardons notre libre arbitre, c'est bien pour cela que faire des choix est si compliqué. On doit juste apprendre à écouter les signes extérieurs mais aussi nos ressentis intérieurs… Les miens tendent vers toi, m'enchantent, me troublent, m'émoustillent, et me rendent aussi plus forte! Tu vis dans mes pensées aujourd'hui et de plus en plus dans mon cœur...Mes vacances se terminent sur Royan, Je rentre chez moi car mon amie a besoin de moi...A très vite. Tendres baisers."

Antoine : " Bonjour Trésor, mes anges me portent vers toi autant en spiritualité que par le cœur. C'est très fort de se sentir porté ainsi. Ils me disent d'être patient car j'ai engagé un périple avec ma famille et je ne peux y déroger alors que la force s'exerce sur moi de plus en plus pour voler vers ma belle goélette. Un des anges persistait à me dire que je ne devais pas craindre pour te rencontrer et que tu étais en contact si fort avec moi que la première rencontre serait explosive de joie, de bonheur et que sans nul doute nous nous offririons l'un à l'autre durant des heures! Les anges qui veillent sur moi t'apporteront d'ici peu de la lumière intense et ton cœur très chaud saura que je suis le seul à pouvoir le réguler...Voilà une nuit encore particulière et je ne cesse de penser à toi jolie fleur épanouie et joviale. Je t'embrasse tendrement en te serrant contre moi les mains dans tes cheveux et aimant si fort que je ne puis me retenir de descendre mes mains sur ton corps pour te serrer davantage. Des bisous dans le cou. Je suis fou de toi ma chérie et j'ai très envie de toi..Mi amor."

Inès : " tu me donnes le vertige, tellement tes lettres sont admirables, et si nous étions les âmes réincarnées de Georges Sand et Alfred de Musset, qui vécurent une passion enflammée.. Jamais personne ne m'avait écrit d'aussi belles choses, ni même inspiré autant. Le moment viendra où l'on se reconnaîtra, comme si nos âmes enfin se retrouvaient après s'être déjà connues dans d'autres vies...Je rêvais tellement fort d'un amour sincère et inconditionnel qui me rendrait invincible et presque immortelle...seras tu capable d'être son incarnation. J'ai envie d'y croire, de l'espérer. En attendant mon Chaton, je sens que tu te frottes à mes jambes toutes douces et dorées par le soleil, avec envie de caresses sur tout le corps. Ton dos d'abord, la longue et douce queue et enfin ton ventre tout soyeux qui te fais ronronner de plaisir. Je t'embrasse sur ton petit museau et comme par magie, tu m'apparais oh toi mon prince Antoine avec ce regard plein de désir et tes lèvres charnelles qui m'appellent. Bon après midi bel amor!"

Antoine : " T'embrasser, c'est le premier contact alors cette sensualité et cette bouche gourmande que tu as, je ne saurais faire autrement que de la désirer. Fermes les yeux et attends de ressentir cette alchimie au moment où nos lèvres se rejoindront.

Ressens la douceur de ce beau et doux baiser. Une grande émotion enflamme nos cœurs, notre esprit est en totale communion et en nous monte cette saveur des délices de l'amour que nous dégusterons plus tard. Quel amour tu fais et quel enfant je suis enfin, grand enfant amoureux. Je te désire plus que tout. Pour ma féline…"

Son empressement se faisait grandement sentir et l'envoi de ces photos de plus en plus fréquent ainsi que ses demandes pour avoir celles d'Inès en retour. Pour le faire patienter les quelques jours qui les rapprochaient de leur rencontre, elle lui proposa alors de jouer au jeu du puzzle photographique. Chaque jour elle lui posterait une photo d'une partie de son corps et ainsi lui ferait encore plus monter la pression. L'exercice s'avérait plus compliqué pour Camille, qui devait trouver sur la banque d'images d'internet des photos réalistes et suggestives de son avatar. Ils commencèrent par leurs pieds!

Antoine :" C'est une excellente idée de jouer au puzzle ma puce… cela commence fort car je me jette à tes pieds pour les embrasser. Au contact de mes lèvres sur le dessus des pieds la douceur m'emporte à les lécher avec ma langue qui se promène sur l'ensemble des doigts. J'aurai beaucoup de mal à tenir 24h pour découvrir la suite de cette énigme. Adorable petite chatte que tu es, mille baisers."

Après les pieds, ce furent des mains puis le joli torse d'une belle inconnue volé sur le net qu'elle dut lui donner en pâture. Elle le comblait pleinement et chaque jour passant, son cœur brûlait pour cette créature et héroïne virtuelle qu'elle faisait vivre à travers son écran d'ordinateur. Et même si le forfait téléphonique d'Antoine était largement dépassé et les communications incessantes lui faisant grimper sa facture, sa ferveur était constante, ce qui honteusement la réjouissait. Mais le temps passait vite et il fallait absolument qu'elle prépare l'épilogue de cette histoire. Fallait il qu'elle organise une rencontre en bonne et due forme dans un quelconque lieu public où elle pourrait assouvir pleinement sa vengeance, en imaginant lui lancer un verre d'eau à travers le visage, quelques spectateurs ébahis et amusés observant avec stupeur la scène? ou bien fallait il qu'elle lui proposât un rendez vous un peu moins conventionnel et tout aussi licencieux que l'avaient été leurs échanges, comme ce dernier petit scénario qu'elle lui laissa entrevoir.

Inès : "Coucou chaton, aujourd'hui, hormis les affaires courantes, je vais commencer la robe blanche que j'ai imaginé rien que pour toi. Elle sera sensuelle, ultra féminine, sexy et romantique à la fois. Elle sublimera mon bronzage que je rehausserai d'une huile pailletée pour le corps, de beaux escarpins blancs souligneront le galbe de mes jambes. Mes cheveux ont un peu éclairci avec le soleil et je me sens belle et désirable. Tu seras alors ensorcelé par ta petite fée très agile de ses doigts...Notre rencontre je la rêve souvent, je la vis même dans mes pensées. Tu rentres chez moi et les instructions sont les suivantes. Tu t'assois dans un fauteuil dos à l'escalier de la mezzanine où je t'attends sagement. Nous ne parlons pas, je descends à pas de velours vers toi et tu ne te retournes pas. Je m'approche de toi et te bande les yeux en me penchant sur toi délicatement et te caressant par mon léger souffle ton cou et laissant les effluves de mon parfum enivrant..je te sens frémir. J'approche alors tout doucement mes lèvres que je pose sur les tiennes et les effleure dans un mouvement enveloppant pour que tu ressentes bien mon énergie, puis je les entrouvre pour t'embrasser plus goulûment, ce à quoi ta réponse ne se fait pas attendre. Nous nous embrassons avec fougue et sans retenue, dans une danse effrénée à la limite de l'évanouissement. Tu caresses doucement mes cheveux et lentement tu essayes de deviner mon visage, nous sommes face à face et tu te retiens pour enlever ton bandeau. Tu résistes, car tu en meurs d'envie. Je te prends alors par la main pour te monter à l'étage. Tu me suis sagement mais je sens ton cœur battre d'impatience. La haut enfin, je retire le bandeau et tu ouvres enfin les yeux. Je ressens dans ton regard que tu n'es pas déçu, que c'est comme cela que tu m'imaginais. Tu admires ma belle robe blanche et me complimentes. Nos langoureux baisers reprennent de plus belle et dans une fougue incontrôlée tu me jettes sur le grand lit accueillant et décidons de continuer l'écriture d'un nouveau chapitre de notre vie..Retrouvons nous vite dans ce lit!! chaton. Belle journée et donne moi vite de tes nouvelles. Tu me manques."

Antoine : "Bonjour joli cœur, je suis en ville pour capter la 3G car là où nous louons, la connexion n'est pas terrible, cela fonctionne mal depuis 3 jours...Je suis avec mon fils et c'est moins facile pour m'isoler un peu afin de t'écrire. Quel scénario mon BB quand je vais rentrer sur Toulouse! chaud devant!! je te vois très inspirée et te lire me plaît beaucoup car à travers tes écrits c'est une troublante sensualité qui s'en dégage. Je vais prendre le temps pour décrire la suite du récit dans ce grand lit douillet qui s'impatiente de nous accueillir. Mon fiston me demande! A plus tard chérie que j'embrasse tendrement. Ton chaton amoureux".

CHAPITRE IV

La tombée des masques

La date de leurs retrouvailles approchait à grand pas. Ces derniers huit jours à attendre de revoir son amant virtuel seraient consacrés à la métamorphose physique de Camille et la préparation théâtrale de ce fameux rendez vous. Celui qui l'avait enchantée et rendue vivante le temps d'un été, lui avait aussi donné l'espoir d'un dénouement heureux de leur histoire revisitée et d'un renouveau sentimental. Tomberait il sous le charme de la nouvelle Camille ou du personnage idéalisé? Serait ce le rôle de sa vie qui émergeait? Sa fébrilité et excitation intérieure se mêlaient aux doutes et renoncements. Impossible de revenir en arrière. Bonne ou mauvaise idée, elle avait été trop loin pour renoncer à vivre l'épilogue de ce conte moderne. Sans tarder, elle mit en œuvre le programme de sa transformation. Afin d'épaissir et allonger sa chevelure, elle se procura quelques mèches d'extensions dont l'effet « volumateur » fut immédiat et très sexy. Pour captiver son preux et fier chevalier mais surtout l'hypnotiser face à la réalité qu'il découvrirait, elle changerait son regard au couleur brun automnal en un océan bleu lagon grâce à l'application de lentilles de contact colorées, tout en espérant que son bel Antoine s'y plonge frénétiquement . Le soleil de cette fin d'été finissait de parfaire son joli hâle doré et la rendait aussi irrésistible qu'une bonne brioche fraîchement sortie du four. La courte robe blanche en dentelle qu'elle s'était finalement procurée sur internet, et non pas réalisée par ses soins comme elle avait pu lui faire croire, lui allait à merveille. Sa couleur immaculée et sa forme asymétrique, dénudant son épaule droite représentait le symbole parfait du romantisme et de la sensualité, véritable dualité qui la caractérisait.

Comme le chantait le grand poète "Cookie Dingler" ce n'était pas si facile d'être une femme libérée !. Elle expérimentait chaque jour, la difficulté de combiner liberté avec coquetterie, émancipation et passion ainsi que la complexe revendication de la séduction féminine. Finirait elle enfin par déposer les armes au pied du beau et servant chevalier qui la délivrerait de toutes ses armures? C'est ce dont elle rêvait en demi teinte car quand bien même Antoine avait aimé cette fille virtuelle, la probabilité qu'il soit déçu par le modèle réel était bel et bien plausible.

D'un commun accord, ils décidèrent d'espacer leurs échanges pendant cette période de trouble et d'excitation que provoque l'attente d'un premier tête à tête, pensant à tort faire redescendre la passion brûlante qui les animait depuis plusieurs semaines. Mais ce fut loin d'être le cas quand Antoine, bouillonnant d'inspiration, lui livra son propre scénario de leur rencontre où se mêlerait exaltation et fantasme. Il proposa à Camille de le rejoindre dans une chambre d'un grand hôtel Toulousain où il l'attendrait comme un chat guettant sa proie, dans l'obscurité, prêt à lui bondir dessus pour la dévorer toute crue. Il l'inviterait à prendre part au jeu du cache cache libertin et ainsi ils réaliseraient une première et inoubliable approche et découverte corporelle à l'aveugle...c'était complètement fou mais incroyablement excitant. Un lit douillet les y accueillerait avec générosité pour enfin consommer l'acte d'amour qu'ils avaient longuement rêvé et attendu. Leur imagination bien qu'un peu tarie, reprendrait du souffle pour un moment d'extase qu'ils vivraient sans tabou. Elle n'hésita pas une seule seconde à accepter cette proposition, trop contente que l'élu de son cœur soit aussi imaginatif, entreprenant et surprenant qu'elle pouvait l'être. Nonobstant ses résolutions, elle devait alors renoncer à sa vengeance et à son envie de l'humilier devant un public surpris mais surtout elle n'était absolument pas consciente du danger potentiel qu'elle pouvait encourir en se retrouvant seule dans une chambre avec cet homme qu'elle n'avait croisé qu'une seule fois . Mais ces longs échanges entre eux avaient sans doute brisé la glace de ses ressentiments et les confidences livrées par Antoine seraient, pensait-elle , probablement aussi touchantes et profondes sur l'oreiller qu'à travers leurs écrans surchauffés ..

La fin de la saison estivale semblait être aussi au rendez vous de la passion. Une douce chaleur enveloppait ces journées de cette fin août, et une quiétude ambiante semblait planer sur la vie de Camille, ce qui lui donnait presque envie d'arrêter le temps ..était ce le présage d'une nouvelle et tant attendue embellie et zénitude amoureuse ?

Le grand jour arriva enfin. Une puce n'en aurait pas été moins excitée. Le rendez vous était fixé vers vingt heures... exactement l'heure d'une invitation à un repas gourmand, imaginait elle. Antoine la retrouverait au grand hôtel de l'Opéra, dans l'hypercentre de Toulouse sur la célèbre place du Capitole..Le lieu inspirait Camille si bien qu'amusée, elle s'imagina livrer à son amant, un aperçu de ses performances vocales et son répertoire lyrique pendant leurs ébats amoureux. Au fur à mesure qu'elle se rapprochait de lui, ses mains devenaient de plus en plus moites et glissaient sur le volant de sa voiture. Elle regardait défiler les minutes comme défilaient dans sa tête ces incroyables semaines à correspondre avec cet homme qu'elle même connaissait déjà et qui allait la retrouver sans s'y attendre. Quelle serait sa réaction et quelle serait la sienne ? Elle avait beau accélérer la vitesse de son petit bolide, le temps n'avançait pas plus vite…

Elle arriva enfin au parking situé non loin de l'hôtel. Elle prit le temps de faire quelques retouches maquillage et coiffure même si elle réalisa que dans le noir, cela ne lui servirait pas à grand chose. Les dernières consignes qu'elle avait reçu d'Antoine par mail, avant de partir de chez elle étaient simple, elle devrait juste demander à l'accueil la chambre n°6. Dix minutes de marche plus tard, elle se trouva face aux grilles en forme d'éventail de l'entrée majestueuse du grand hôtel. Une grande cour pavée de carreaux de pierre de Bourgogne, couleur sable rendait le lieu très chaleureux bien que contrastant avec les façades roses des briquettes des bâtiments la surplombant. Elle lui ouvrait majestueusement ses bras comme le ferait très probablement l'amant qui l'attendait dans l'une de ces chambres dissimulées derrière les fenêtres situées aux étages, qu'elle scrutait...la curiosité et l'impatience d'Antoine lui feraient-ils enfreindre le pacte de se découvrir que dans l'obscurité d'une alcôve brûlante? Peut être l'observait il déjà ? Après avoir repris un peu d'assurance et une grande inspiration relaxante, elle pénétra dans l'hôtel et se dirigea d'un pas assuré et sans attendre vers la réception. Avant même qu'elle ne demande quoique ce soit, le réceptionniste lui indiqua la direction de la chambre , un petit sourire au coin des lèvres…Il n'y avait pas de doutes, elle était bel et bien attendue ! Pendant que l'ascenseur la transportait déjà au septième ciel, elle décida d'éteindre son téléphone pour ainsi profiter un maximum de ces instants improbables qu'elle s'apprêtait à vivre.

La porte s'ouvrit sur un long couloir tapissé de moquettes aux teintes brunes orangées, où la luminosité et l'ambiance chaude et feutrée, semblait toute propice à la volupté. Arrivée devant la porte, dans un geste délicat, elle tourna lentement la poignée. La chambre était plongée dans l'obscurité totale mais une petite clarté venant de la fenêtre fermée par de lourds rideaux, lui fit apercevoir le lit dans le coin droit de la pièce. Une silhouette cachée sous la couette semblait impassible et inerte . Elle savait qu'Antoine, avait très envie qu'elle prenne part au jeu amoureux dont il lui avait lancé l'invitation quelques heures plus tôt. Ni une ni deux, et sans qu'il ne découvrit sa belle robe blanche en dentelle , elle l' ôta aussitôt et s'engouffra sous cette cachette excitante, la douceur des draps de satin sur sa peau éveillant l'appel de la chair. Elle sentit le corps nu aussi de cet individu, tourné sur le côté et perçut le souffle lent d'une personne endormie. Un peu étonnée, elle pensa qu'Antoine s'était certainement assoupi en l'attendant. Elle glissa alors ses mains autour de lui et caressa son ventre pour remonter vers sa poitrine. Sentant sa présence délicate et maternelle, il se retourna et l'embrassa généreusement mais avec une délectation qui fit frissonner tout son être. Ils entamèrent alors le ballet de la valse érotique dans l' obscurité la plus totale. Antoine ne connaissait donc toujours pas son identité. Ses douces mains parcouraient son visage et son corps avec des gestes lents et posés et une habileté magicienne ... Leurs corps au diapason dansaient dans un rythme harmonieux et un accord parfait. Tous les échanges qu'ils avaient partagé laissaient place à une réalité bien plus extraordinaire. La mise en situation à l'aveugle décuplait leurs quatre autres sens et pour la première fois de sa vie et malgré toutes les expériences déjà vécues, Camille comprenait enfin le sens d'une fusion indescriptible que signifiait ne faire qu'un avec la personne aimée. L' odeur enivrante qu'il dégageait mêlée à un puissant parfum aux fragrances musquées libérait chez elle , des phéromones provocant un désir incontrôlable. Rien de bestial ou trivial, ce moment fut un pur moment de poésie sensuelle. Et quoi de plus jouissif pour la femme romanesque qu'était Camille et qui n'attendait que ce genre de prince. Fatigués après cette bouleversante et grandiose représentation de scène d'amour dont elle ne put évaluer la durée, ils s'endormirent enlacés l'un contre l'autre.

Ces instants d' éternité temporelle furent interrompus par le bruit des vibrations d'un téléphone portable qui ne pouvait être celui de Camille. Après plusieurs sonneries, et à moitié endormie, elle comprit que son amant répondait à l'appel alors qu'elle avait toujours sa tête blottie dans le creux de son épaule.

" Sacha Keller speaking" et après un court instant de silence, il sursauta et se releva précipitamment.

"Kelly? but where are you?". La lumière de la lampe de chevet qu'il venait d'allumer la réveilla en sursaut. Quelle fut sa surprise de découvrir, nu à côté d'elle, un homme qu'elle ne connaissait ni d'Adam ni d'Eve et qui n'avait rien avoir avec le fameux Antoine qu'elle avait rencontré un mois plutôt. Elle resta sans voix et ébahie tout en remarquant la beauté des traits de ce mirage masculin sortant de nulle part...un ange châtain clair aux yeux bleu clairs tombé du ciel...

Lui même surpris, et alors qu'il clôturait rapidement sa conversation avec son interlocutrice, il sourit gracieusement à Camille.

Sacha : « " Bonjour chère Madame...je suis confus de vous trouver dans mon lit » lui dit il dans un parfait français souligné d' une pointe d'accent québécois.

A ce moment précis, elle se serait bien réfugiée dans un trou de souris. Alors avec une tout aussi courtoisie britannique, elle lui répondit, plutôt gênée, qu'elle était aussi confuse que lui et qu'en raccourci elle n'y comprenait rien...

Deux heures durant et dans un calme incroyablement olympien, ils laissèrent leurs cœurs s'abandonner à des confidences sur leurs vies respectives et finirent par élucider ce quiproquo. Sacha était violoniste dans l'orchestre symphonique de Montréal, très exactement premier violon..Elle comprit alors la virtuosité de la partition de l'amour qu'ils venaient de jouer ensemble. Il était venu en France pour une série de concerts dont une date était prévue à Toulouse. Son amie, Canadienne aussi, journaliste reporter en déplacement , devait le rejoindre dans sa chambre d'hôtel tout comme Camille le fit inopinément, ce qui expliquait la chambre ouverte et le personnel de l'hôtel averti de son arrivée. Dans l'impossibilité de lui signifier son empêchement à le rejoindre suite à des perturbations aériennes, son amie Kelly ne put se rendre à leur rendez vous comme prévu. En ce qui la concernait, l'énigme de ce malentendu venait d'Antoine qui dans sa précipitation, s'était trompé de numéro de chambre. Il avait malencontreusement confondu le nombre six avec le nombre neuf et envoyé sans le savoir Camille sur la nouvelle route de sa destinée. Après avoir glané quelques informations auprès de la réception pour la retrouver, il ne put avoir les renseignements qu'il attendait, le personnel ayant changé entre temps. Personne, si ce n'était le stagiaire finissant son service, ne l'avait vu entrer. Elle n'était donc pas censé être dans l'hôtel. Et comme il n'avait d'autres moyens de la contacter que par messagerie électronique, il patienta une heure de plus et reprit, dépité et l'esprit torturé d'interrogations, le chemin du retour.

En définitive et de cette façon, Camille avait pu assouvir sa vengeance et bien que stupéfaite de la situation surprenante qu'elle venait de vivre, elle jouissait de la victoire doublement appréciée par la merveilleuse rencontre avec Sacha. Leurs échanges furent délicieusement profonds et d'un naturel déconcertant. Immanquablement, les rails de leurs vies se croisaient pour des retrouvailles presque karmiques. L'heure de leur séparation sonna. Au moment de se quitter, leurs regards comme liés à jamais finirent par se détacher. Avant de partir, elle glissa dans sa main, un papier sur lequel elle inscrivit son numéro de téléphone. Sur le pallier de la porte et comme pour la retenir il retint la sienne pour y déposer du bout des lèvres, un tendre baiser qui la fit tressaillir d'émotions et lui murmura: «au revoir ma douce». Contraints de jouer la scène des adieux déchirants que le destin leur imposait, ces tous nouveaux amoureux transis vivaient dans une douleur bouleversante leur séparation. Elle déposa délicatement sa bouche sur la sienne et l'embrassa une dernière fois la gorge nouée et les yeux pleins de larmes..le reverrait elle un jour?

A ce moment là, plus rien n'existait vraiment pour elle, simplement la sensation d'être en apesanteur, entre rêve et réalité mais avec une profonde et incommensurable gratitude envers la vie qui lui donnait de vivre ces instants sacrés de pureté et bonheur partagés.. Que lui réserverait encore et toujours son destin ? Désormais, elle n'attendrait plus grand chose car trop merveilleux avait été ce cadeau céleste. Au final, cette union magique dans le noir avait donné enfin à Camille l'extraordinaire opportunité d'une rencontre sans artifice et sans masque, et de mettre une fois n'était pas coutume son âme et sa fragilité à nu.

Dès son arrivée chez lui, Antoine s'empressa de la recontacter par mail pour connaître les tenants et aboutissants de ce contretemps dont il ne pensait pas que ce fut intentionnel . Son acte manqué dyslexique avait eu raison du désir de fourberie de Camille à son égard. Il insista lourdement par courriel interposé et s'impatientait qu'elle le laissa ainsi macérer dans ces troubles pensées vacillantes. Alors tel un matador, Camille sortit enfin de derrière sa cape, sa dernière cartouche ou plus exactement sa dernière banderille virtuelle pour une mise à mort et non petite mort jouissive.

Inès: «Cher Antoine, quinze jours se sont écoulés depuis le début de cette folle histoire, de notre histoire virtuelle que derrière mon écran, j'ai pas mal scénarisé pour une raison bien particulière qu'il me faut te raconter maintenant. Je pensais que nous écririons l'épilogue ensemble lors de notre prochaine rencontre mais le destin en a voulu autrement. Les photos dont je me suis servies pour créer mon profil sur le fameux site dans lequel tu étais aussi inscrit sont celle de Sarah Jessica Parker, une actrice américaine, héroïne d'une série télévisée très connue, surtout des cœurs solitaires féminins..."Sex and the City"..L'héroïne s'appelle Carrie Bradshaw, chroniqueuse au New York time., elle écrit des articles sur la vie des célibataires au travers le plus souvent d' histoires de «fesses» dont l'issue se voudrait être une belle histoire d'amour.....Carrie raconte toutes ses aventures amoureuses plus ou moins longues, plus ou moins douloureuses, avec en filigrane le profond désir de rencontrer l'homme de sa vie, celui qu'elle aimera et qui l'aimera en retour.....bref tout cela ressemblait étrangement à ma vie...et au fur à mesure des épisodes, j'avais vraiment l'impression que ma vie s'affichait à l'écran....moi aussi j'avais connu des désillusions amoureuses....j'étais plutôt une jolie fille qui arrivait facilement à séduire les hommes mais il y avait toujours quelque chose qui clochait : .des rendez vous manqués avec des hommes pas libre dans leur tête...des séducteurs invétérés, des hommes mariés...bref toute la panoplie des hommes en magasin aujourd'hui! Si tes souvenirs sont bons, et cela doit l'être, je me suis d'abord inscrite sur ce site avec le pseudo de CARRIE pour essayer de nouveau de pêcher la perle rare....et après deux rencontres également foireuses, j'avais décidé d'arrêter quelque temps et faire confiance à la vraie vie et la surprise des rencontres fortuites....Début juillet, par curiosité je regardai mon compte et les hommes qui avaient visité mon profil.....et là je vis un homme charmant, avec des yeux coquins, un sourire ravageur qui n'était autre que toi!...mais c'est à ce moment précis que j'aurais du faire attention....je connaissais trop bien ce genre de séducteur mais tant pis, le profil était très alléchant, un homme actif, entreprenant, qui recherchait une femme indépendante,voulant le surprendre...bref cela ne pouvait être que moi...Camille, une femme de 47 ans aujourd'hui à la recherche d'un gars qui pourrait de nouveau la faire vibrer ....qui plus est à deux pas de chez elle...Très vite, les échanges débutèrent par mails puis ensuite par SMS.......la connexion se fit rapidement, peut être trop vite dans le registre sensuel.....c'était la première fois qu'ils faisaient l'amour par SMS et franchement ; c'était que du bonheur!! mais ce n'était pas suffisant, au vue de l'intensité des écrits , ils ne purent rester sur la frustration d'une histoire non consommée......alors ils finirent pas se rencontrer et passèrent leur première nuit d'amour ensemble.Ce fut pour elle, une nuit de sexe assez réussie où la compatibilité lui semblait plutôt excellente pour une première fois compte tenu de son expérience , mais qu'en était il pour lui? mystère.......Ils se quittèrent le matin sans promesse, sans se poser la question de savoir s'ils avaient envie ou non de se revoir ......pour elle, c'était incontestable...une histoire ne pouvait pas se bâtir sur une simple histoire de fesses..et sûrement qu'ils auraient l'un et l'autre envie de se découvrir davantage. Alors elle attendit des ses nouvelles mais étrangement rien, silence radio !!....mais que se passait il? Alors elle décida de lui renvoyer des textos pour lui demander des explications qu'il ne tarda pas à lui donner......quelques excuses bidons pour lui signaler simplement que cette histoire n'irait pas plus loin...sans vraiment de réponses honnêtes à ces interrogations.. Pourtant, Camille avait l'habitude des échecs amoureux, mais cette fois, se faire "jeter" par un SMS...c'était de trop...Se sentant humiliée, et en colère qu'un homme ne soit pas capable de lui donner les vraies raisons en face à face, l'énerva terriblement et telle une lionne blessée..elle décida de riposter et préparer sa petite vengeance...Tout s'éclaire pour toi maintenant? Cette fille, c'est moi, Camille, Carrie ou Inès comme tu préféreras ! J'ai décidé alors de supprimer le profil de Carrie pour créer celui de Sirène alias Inès. Un personnage dont la vie fut celle de ma grand mère, styliste, modiste comme j'ai pu te le raconter dans mes précédents mails.et dont j'étais la première fan et reconnaissante de m'avoir transmis beaucoup de ses passions .Il fallait absolument que tu mordes à l'hameçon, ce qui fut chose très facile....car je compris très vite quels étaient tes critères féminins très sélectifs. Contre toute attente, ces quelques semaines de correspondance m'auront permis de mieux te comprendre, de mieux te connaître, et d'entrevoir des facettes émouvantes de toi qui m'ont fait littéralement craquer...cela devenait compliqué de jouer ce rôle mais je devais aller jusqu'au bout ...notre connexion intellectuelle a été fluide, rapide et créatrice de talents d'improvisation insoupçonnés autant pour toi que pour moi...Au début, je prenais plaisir à te mener en bateau comme la photo de Carrie tenant la barre du voilier cheveux au vent...mais au fur à mesure du temps qui passait, je te sentais devenir accros à nos profonds partages,et tomber amoureux virtuellement comme moi j'étais aussi en train de le devenir.....mais je sentais que le masque finirait par tomber ..en allant de plus en plus loin, j'espérais inconsciemment que tu découvres la supercherie ou même que tu fasses le lien avec moi et nos anciens échanges par SMS. Je souhaitais tout de même pouvoir aller jusqu'au bout de l'histoire, et finir par nous revoir une nouvelle fois comme tu l'avais imaginé dans cette chambre d'hôtel ....en prenant le risque aussi de me prendre deux baffes ou que tu me jettes violemment sur le lit et que tu me fasses l'amour sauvagement! Dans mes pensées, l'histoire avait donc deux fins possibles! Par bonheur pour moi, le destin en aura voulu autrement car il a mis sur ma route celui que je n'attendais plus et cette scène d'amour tant fantasmée entre nous, prit forme dans la réalité avec un autre que toi !! Ma victoire était donc à son comble ! J'accepte que tu me prennes pour une grosse mytho, que tu sois très fâché et que tu m'en veuilles.....je le serais tout autant à ta place! mais sache que tous ces écrits, c'est de mon âme et de mon cœur qu'ils ont émané...de cette profonde, spirituelle et surprenante Camille , une fille vivante, pleine d'humour avec un tempérament de feu que tu n'auras donc plus jamais l'occasion de découvrir....A bon entendeur salut ! Ta petite sirène qui est une vilaine ! »

La boite de réception de sa messagerie resta sans missives du bel Antoine. Il y avait fort à parier que celui qui avait fait l'objet de ses fantasmes pendant ces dernières semaines d'été, ait été contrarié par ses derniers aveux fatals. Elle n'entendit plus jamais parler de lui.

Trois jours s'étaient écoulés sans qu'elle ne reçoive non plus, aucune nouvelle de Sacha, son prince du nouveau monde, quand en plein milieu de la nuit, elle reçut sur son portable, un message en provenance du Canada. C'était lui, celui pour lequel des pensées obsessionnelles la hantaient depuis soixante douze longues heures....Tremblante, elle découvrait alors une pensée créatrice de joie et d'espoir qui allait bon gré mal gré , changer le cours de sa vie.

Sacha : "Rien ne sera jamais plus comme avant. Ma vie sans toi est comme une mélodie en sourdine, un ciel sans étoile, retrouvons nous vite., tu me manques déjà..»

Ce pigeon voyageur des temps modernes lui signifiait il l'amorce d'un nouveau tournant de sa destinée. Elle ne le savait pas encore mais sans doute vivrait elle le plus bel été indien de son existence...

www.ingramcontent.com/pod-product-compliance
Lightning Source LLC
Chambersburg PA
CBHW070553180626
46817CB00005B/1826